雙星的天劍士

HEAVENLY SWORD OF TWIN STARS

3

七野りく

Riku Nanano

［插畫］cura

Kadokawa Fantastic Novels

登場人物

隻影
前世是英雄的少年。

張白玲
名門千金。

王明鈴
大商人的女兒。

瑠璃
自稱仙娘的軍師。

和杜
成為瑠璃輔佐官的姑娘。

張泰嵐
救國名將。

阿岱
玄國皇帝。
同時是個怪物。

義先
玄帝國最強的武人。

赫杵
玄帝國引以為傲的軍師。

雙星的天劍士

HEAVENLY SWORD OF TWIN STARS

玄
燕京
七曲山脈
大河
西冬
蘭陽
敬陽
子柳
大運河
臨京
榮

序章

「徐家公子，我們到了。進去。」

「…………」

我——徐飛鷹在壯年獄卒的催促下，抬起頭來。

睜開眼，恐懼與屈辱使我咬牙切齒。

眼前是一座昏暗的地牢。地上竄過一隻肥鼠。這裡臭氣沖天。

徐家長年守護「榮帝國」南方國境，按理來說，我一個徐家長子不應該被帶來這種地方。

我的父親——人稱「鳳翼」的徐秀鳳於去年征討過往盟國「西冬」時，戰死沙場。

我率領的軍隊也在撤退時慘遭大河以北的「玄帝國」那位最強的武將「黑刃」襲擊，已潰不成軍……但竟然遭受如此屈辱！

我氣得渾身顫抖，試圖扯開捆住雙手的繩子。

然而，這卻引得強壯獄卒將我壓制在石頭地上，用棍棒和他們的腳狠揍我一頓。

「咳！」

「……別浪費我們的力氣。」

劇痛使我幾乎要失去意識，連壯年獄卒的聲音聽起來都格外遙遠。

他們不再動粗——並將我關進地牢。

獄卒用短劍切斷我手上的繩子，關上那扇有個小窗的金屬門，發出沉重聲響。

「咳！咳……呼、呼、呼………」

我用顫抖的雙手匍匐前進，禮服的袖子早已沾滿鮮血。

——榮帝國因進攻西冬嘗到慘不忍睹的敗仗後，我與少數倖存的士兵費盡了千辛萬苦，成功返回徐家軍的根據地，也就是我國南部大城「南陽」。

娘和年邁的祖父母對落魄返家的我非常溫柔，讓我在過冬時也能安心靜養身心，然而……回想起上個月從都城送來的那份欲傳喚我至都城，且印有龍印的傳喚令——

「徐秀鳳和宇常虎於蘭陽之戰擅作主張，展開突襲，終招致全軍潰敗。」

「徐飛鷹率兵不力，於撤退時不敵玄軍追擊，藉犧牲眾多兵卒逃回根據地南陽。」

「命徐飛鷹速至臨京闡明詳情。若未前來，將視之為圖謀叛變。」

那些與事實相差甚遠的敘述至今仍令我毛骨悚然。

「你不可以去。我們應當先和西方的宇家與北方的張家仔細商量。」

娘和祖父母他們反對我接受傳喚，但爹已逝世，現在只能由我來扛起整個徐家。

我懷著這份信念，代表徐家前來首府「臨京」，結果……

門外的壯年獄卒以疲憊口吻對我說：

「……我其實很同情你。我們這些獄卒也有聽聞『鳳翼』和『虎牙』種種不下於『護國』的功績，當然也不相信上頭冠在你身上的那些罪名。所以……求你別再反抗了。你一反抗，我們就得再讓你吃上更多苦頭。」

我內心掀起一陣狂瀾。

不顧劇痛，狠狠出拳敲打金屬門，使得牆上的微弱燈火隨之晃盪。

「爹——徐秀鳳在『西冬』首府蘭陽打的那場仗裡，根本沒有做任何愧對榮帝國的事！我們會輸是因為副宰相林忠道懦弱得放棄指揮，以及禁軍元帥黃北雀擅自帶頭攻打敵軍！我爹和宇將軍明明一直英勇奮戰到死前的最後一刻！但為什麼！林忠道和苟活的黃北雀竟然沒有遭受懲罰，反倒是我爹和宇將軍的死被汙衊成奇恥大辱，還要剝奪徐家跟宇家過往的權力和名利？真要怪的話……就怪在撤退時吞下敗仗的我就夠了！！！！」

「…………」

獄卒們不發一語，只聽他們的腳步聲逐漸遠去。

我拖著疼痛的身軀，倚上石牆。

「……為什麼？怎麼會變成這樣……」

我忍不住啜泣，落下的淚水沾濕了雙腿。

用雙手摀住臉——腦海裡忽然閃過先前那位黑髮紅眼的少年與銀髮藍眼的姑娘。他們在充滿絕望的情勢之下依然不放棄希望，幫助我和徐家軍逃離本應成為我們葬身之地的蘭陽。

「飛鷹！你和我們一起走吧！」「飛鷹閣下！和我們一起走吧！」

要是我沒有在跟張家軍一起打退敵方斥候部隊之後無謂逞強，兵分二路撤退……或許也不會讓成功逃出蘭陽死戰的屬下們幾乎全在我的殺父仇人——「黑刃」的追擊下喪生。

我心懷不甘與沮喪，用滿是傷痕的雙手摀住整張臉。

「隻影閣下、白玲閣下…………爹！我、我到底該怎麼辦…………」

這裡當然沒有任何人會回答。

還不知道審案的官員會怎麼判刑，但他們不讓我多做解釋，就直接把我丟進這座地牢。連傻子都知道會有什麼樣的下場。

「真可憐啊，徐飛鷹。」

「唔！」

聽見一名男子語氣冰冷的聲音。

總覺得這聲音好耳熟……不行，想不到是誰。

「……你是誰？」

我懷著戒心簡短詢問。

從影子的大小看來，應該不是剛才的獄卒之一。

「你問我是誰並沒有意義……我想想，真要說的話，就是理解你內心的人吧。」

「……理解我內心？」

我狐疑地提出反問。我被迫成為這次敗仗的代罪羔羊，甚至被獄卒打得差點小命不保。他竟然說理解我？

男子靠近門邊，語氣平淡地說：

「徐家軍和宇家軍在蘭陽奮勇作戰。就算應當擔任總指揮的副宰相在攻打敵方首府時不見人影，即使『西冬』的投石器與重裝步兵蹂躪禁軍，仍無畏堅持與北方那群馬人交戰。」

放棄總指揮這份重責大任的副宰相林忠道，以及有勇無謀地下令進攻，導致無數兵卒犧牲的禁軍元帥黃北雀。

我一定會恨他們一輩子。我氣憤地咬緊嘴唇。

「儘管幾乎是去送死的敗仗，『鳳翼』和『虎牙』仍然努力鼓舞士氣，與眾多兵卒奮勇戰死沙場。雖然終究無法顛覆這場敗仗——不，正因為是敗仗！我們這些明理人反倒會認為兩位將軍更應該廣受世人讚頌。相對的，在戰場上盡顯懦弱、怠惰與嫉妒的副宰相與禁軍元帥卻是平安返京，真是無比諷刺。」
「……明理人。」
他的意思是「臨京」也有一些人知道真相嗎？
男子走近倍感疑惑的我。仍然看不清他的臉。
「徐飛鷹，你繼續待在這裡是必死無疑……他們會要你為這場敗仗負責，成為代罪羔羊。不僅如此，徐家和宇家的權力也會逐漸遭到剝奪，總有一天被擊潰吧。」
「怎麼可能！這、這種事要是真的發生了……國境會不得安寧！」
我們徐家和宇家本來就是藉著少數兵力勉強抵禦榮帝國南方和西方的外敵。
若失去我們兩家的阻擋，蠻族和叛亂分子必定會開始作亂。
「玄國」很可能會在不久後南征，屆時位於將大陸一分為二的大運河要衝，且能直通臨京的「敬陽」會很需要宇家和徐家的援軍……否則即使有「張護國」大人、隻影閣下和白玲閣下在，也無法避免吞敗。
男子用力拍打胸脯。
「不過——我不會讓你就這麼含冤而死！相信我。」
我這時才意會到。
能夠讓獄卒暫時離開，又能夠冒險來到此處的人是——

「……你該不會是老宰相的傳令吧？」

榮帝國宰相——楊文祥大人。

他與逝世的爹和宇將軍，以及張泰嵐大人——也就是「三大將」，都是撐起這個國家的關鍵人物。

據說老宰相始終反對進攻西冬，如果這名男子是他派來的屬下，就說得通了——

「哈哈哈。」

大笑聲響徹整座地牢。

我顯露戒心，詢問他為什麼笑。便看見壁虎捉住了聚集在燈火附近的蛾。

「有什麼好笑的？」

「唉——……徐將軍的遺孤啊，看來你還不知道政治的世界——不知道楊文祥有多可怕。」

腳步聲愈來愈近，最終在門邊停下。

他用手指彈了彈鐵牢，開心說道：

「『動用權力傳喚你來臨京的正是老宰相。副宰相不過是受他唆使罷了』。」

我震驚得彷彿被天雷從頭頂直貫腳尖。

身體不由自主地顫抖起來，腦袋完全無法思考。

「唔！你、你胡說！老、老宰相怎麼可能會是這種人………」

「南陽在失去『鳳翼神將』和大批精兵後，一些叛亂分子已經在蠢蠢欲動。你認為會是誰有足夠權力在這種時候傳喚徐家的下任當家前來臨京？傳喚令上應該也有皇上的龍印。能讓皇上蓋下龍印的人自然是非常有限。畢竟要是無法在清廉與算計之間來去自如，也很難爬上大國宰相的大位吧？你的父親與『虎牙神將』宇常虎的死，成了他用來治國——用來集權的工具。他似乎還打算拿『敬陽』跟大運河北岸去當與玄帝國談和的條件呢。」

「你、你胡說！我怎麼可能……相信你的胡言亂語！」

都城的官員多數沉溺於宮鬥與享樂。

而老宰相是少數深得張將軍、爹跟宇將軍信任的官員。

……他怎麼可能故意引誘我來都城，下令捉我入獄？

腦中一片混亂，完全無法思考。

從門上的小窗看見那名男子臉上戴著遮住雙眼的狐狸面具，隨後就見他轉過身，準備離開。

我已經數不清今天是第幾次感到震驚，不顧疼痛，起身喊道：

「慢、慢著！我記得你是副宰相的親信田祖——」

「我會再來見你。我要再三強調，我是你的盟友，一定會幫助你離開地牢。」

＊

由暗中掌控這片大陸歷史的祕密組織「千狐」派來榮帝國的我——田祖，正走在深夜的廳堂之中。我得在天亮前回到副宰相那個蠢貨的宅邸才行。

空無一人的巨大廳堂裡可見雕有龍鳳的石柱，以及官員們來審理案件時坐的座椅。

這裡是衙門。

至今有無數罪犯在此接受審判。

這或許也是這裡的空氣比宮廷裡其他地方更添幾分涼意的原因——

「…………」

我停下腳步，仰望鎮座於中央那塊象徵性的漆黑巨岩。

每一次見到這塊巨岩，都會不禁為它的巨大感到難以置信。它實在不像現世之物。

——榮國那些人稱它為……

「『龍玉』。」

「唔！是……蓮大人啊。」

從石柱後頭走出來的她戴著狐狸面具，身穿足以蓋住頭部的破爛大衣。我連忙單膝跪地。

……完全沒感覺到有其他人在。

看來我若沒有完成任務，她「隨時都能殺人滅口」。冷汗流過我的臉頰。

這位從七年前就代替年邁長老指揮整個「千狐」的神祕仙娘——蓮大人觸碰那塊巨岩。她掛在腰間的異國刀隨之發出碰撞聲響。

「古代的史書《齊書》上也曾提及這種全大陸屈指可數的巨岩。據說失去北方領土的榮國偽帝在當時只是個貧脊村落的此地即位時，曾用它來奠定自己的地位。說：『這塊巨岩正是榮帝國受到神龍守護的證明。』建造皇宮時也刻意留下這塊巨岩，並在它前面審理過無數罪犯。這或許也是為什麼入夜後連衛兵都不願意靠近這裡。不過——當然也無從證明這傳說是真的。就好比古代皇英峰傳說曾在北方『老桃』用『天劍』劈開類似的巨岩……那想必也只是虛構的故事。」

我完全無法吭聲。

畢竟我是出身在榮帝國失去大河北方領土過後，才加入千狐的氏族。

千狐賜予我的名號「田祖」是取自「田鼠」。

若膽敢不服從狐狸……而且還是隻大妖狐，自然只能等著被吞下肚。我根本不敢違逆她。

蓮大人轉頭看向我，這也讓她稍稍露出藏在大衣底下的髮絲。

「同時，不論是生於何地何國的人……都意外容易相信這些傳說。我也理解他們會對常人無法搬動或敲碎，更何況是劈開的巨岩感到敬畏——情況怎麼樣？徐家的雛鳥派得上用場嗎？」

「他已經深受動搖，應該很快就能引他上鉤。」

「……這樣啊。」

仙娘彎下她端正的嘴唇，透露一絲寂寞。

她或許是對徐飛鷹心生憐憫。畢竟徐飛鷹落入了「玄帝國」那位可怕的皇帝——阿岱・韃靼的圈套。

「待冬去春來——北方的『白鬼』就會再次南征。榮帝國在上一場仗失去多數英勇強將，如今足以威脅玄帝國的，也只剩下『敬陽』的張泰嵐。以及——」

蓮大人將她小小的手伸向腰際，碰觸刀柄。

「年邁的楊文祥。想必他正忙著責備那位將徐家和宇家逼上絕路的偽帝。明明只不過是讓他聽見寵妃說：『據傳有不少都城百姓說允許派兵進攻的皇上比副宰相和禁軍元帥還要蠢！』看來勤勞的善人，有時會比怠惰的惡徒更有害呢。」

「……所言甚是。」

榮國「三大將」已不復在。

都城沒有足夠兵力派遣援軍至敬陽，懲罰徐家和宇家一事也會引發叛亂。

這個國家已經沒救了。即使有英雄「張護國」在，也無力回天。

蓮大人拔出紅色刀鞘裡那把擁有美麗波浪刃紋的異國刀，抵著我的脖子。
「田祖，我會派你輔佐那個醜陋的林忠道，也是我從許久以前就為了這一刻所布的局。赫杵在上一場仗太得意忘形，害死了『灰狼』。你若能成功，往後必能飛黃騰達……倘若失敗——」
我刻意忽略刀刃的冰冷，暗自下定決心。
既然他操控了「西冬」，我當然也不能輸。我要操控整個「榮國」。
絕對要給那個自以為是天才又惹人厭的假軍師一點顏色瞧瞧！
「我發誓——一定會讓徐家的雛鳥成為我們手下的棋子。」
「期待你的好消息。」
蓮大人以只能用「優美」來形容的動作將刀收回刀鞘。
她隨後輕輕跳起，往柱子蹬了一腳，就這麼在轉瞬間抵達廳堂門口。簡直神乎其技。
「喔，忘記告訴你一件事了。」
蓮大人在毫無聲響地著地之後，轉頭看向後方的我。
——月光籠罩著眼前這位仙娘。
「記得去收集張泰嵐那對兒女的情報。他們打倒了玄國引以為傲的兩匹『狼』——『赤狼』和『灰狼』。他們和張泰嵐必定會在下一場仗成為『白鬼』的阻礙。雖然阿岱也是個棘手的傢伙……但我們可不能在他統一天下之前殺死他。」

「皇上……恕臣冒昧提問，您為什麼不僅侮辱了戰死的『鳳翼』與『虎牙』，甚至強押徐飛鷹入獄？而且您竟然是在臣與張泰嵐在大運河的船上商討時擅作主張！臣實在無法苟同！」

*

皇宮最內部的皇帝寢室。

我——榮帝國宰相楊文祥，在原本禁止其他男人出入的此處質問自己的主子。我雖然是拖著剛返回都城的疲憊身軀前來，卻也無暇理會自身。

身著睡袍，待在燭台另一頭的皇上帶著蒼白的面色開口辯解：

「文、文祥，你別生氣。賞罰分明是人之常理。忠道有私下告訴朕詳情……朕也另外聽了北雀的說法。打敗仗的是徐家軍和宇家軍啊。」

我死命按捺住想當場搔抓自己這一頭白髮的怒火。

皇上竟然絲毫不懷疑外戚和親信的說詞……難道榮國大敗的消息讓他無心多做思考了嗎？

「……賞罰的確應當分明。」

「那麼——」「然而！」

我大聲打斷皇上的話，與自幼就比自己親兒子還疼的皇上四目相交。

他的雙眼滿是慌張，不斷游移。

「這次的懲罰根本不合道理！征討「西冬」大敗，與戰死的兩位將軍和徐秀鳳留下的兒子又有何關？臣不知道您究竟聽他們說了什麼……但真正該受罰的，應該是在進攻蘭陽前拋下指揮大軍的重任，迅速逃回臨京的林忠道，還有魯莽下令進攻，導致禁軍死傷眾多，潰不成軍，卻仍活著回來的黃北雀！林忠道親自率領的那批禁軍甚至沒有加入蘭陽的戰局，而是提早撤退。我先前和張泰嵐商討時，也確認此事為真。」

「…………」

皇上撇開他秀麗的臉龐，一臉困窘。

我逼近皇上，毫不客氣地繼續對他訓話。

「據說撐過蘭陽之戰與敵方猛烈追擊的張家軍在『亡狼峽』擊敗了『灰狼』，他們之中也沒有任何人責怪徐秀鳳和宇常虎。徐飛鷹確實因為在撤退時遭到玄國強將『黑刃』追擊，戰得一敗塗地，但他仍能率領倖存的徐家軍返回南陽。您竟然下令押他入獄……簡直是瘋了。而且以兩位將軍的死為由，剝奪徐家和宇家的部分權力也只會失去民心！像宇家就沒有派人前來解釋。」

「……你、你說的或許有理，可是……」

皇上支支吾吾了起來。

大概是來自副宰相家族的寵妃對皇上說了些甜言蜜語，皇上才會基於好意做此決定。

……但皇上這次犯了不容忽視的大錯。

我低聲向皇上闡述事實。

「這事當然也有一部分責任在老臣身上。不過，臣無法逼迫百姓住口。臨京百姓已經在謠傳——**『皇上喜愛偏袒小人，懲罰忠臣。』**臣認為這番壞話遲早會傳遍全國。」

皇上臉色愈發蒼白，身體開始顫抖。

接著出言向我求助。

「文、文祥，朕……朕該如何是好？」

「……傳喚令上已經有您的龍印，很難馬上撤回對兩家的懲罰。畢竟朝令夕改，只會更加怨聲載道。」

我暗自對戰死沙場的徐秀鳳和宇常虎道歉。

……抱歉。您們或許還得再等上一段時間，才能洗刷汙名。

我用自己滿是皺紋的手摀住心臟。

「皇上，這件事就交給老臣來處理吧。」

「…………拜託你了。」

我的主子對只是臣子的我低下了頭。

皇上本性不壞。所以——我應該能夠引導他走回正途。

我振作自己這把老骨頭，拿出張泰嵐交付的書簡，打算繼續稟報現況。

接下來才是正題。

要是沒有做出正確的決定……甚至有可能亡國。

「臣想接著和您談談與張泰嵐商討的內容。北方正在準備大舉進攻。他們想在融雪過後再次跨越大河來犯——」

「皇上——羽兔今晚也來找您了。現在方便打擾嗎？」

房外傳來一道年輕女子的美豔嗓音。

我們正在談國家大事，成何體統！

我看向門口，打算大聲喝斥——卻有一隻白皙的手制止了我。

皇上明顯鬆了口氣的模樣，令我不禁大感錯愕。

「夜已深了。文祥，詳情等明天到堂上再說吧……你也該休息了。」

「…………遵命。」

也罷。

我區區一個臣子，實在無法違抗皇上的命令。

於是鞭策沉重的身軀，在向皇上低頭致意之後離開。

隨後，皇上那位擁有絕世美貌的寵妃——也就是副宰相的養女羽兔，便與我擦肩而過，走入寢室。她「淡紫色」的長髮散發著一股花香。

門一關上，房裡就傳來令我心寒無比的話語。

「喔喔……羽兔、羽兔。」

「皇上，我從日出時分就一直好想念您……啊啊，真希望月亮可以永遠高掛天空……」

我腳步踉蹌地用手扶著走廊上的柱子。心臟的痛楚讓我這把老骨頭光站著都略顯吃力。

我仰望「雙星」所在的北方天空，嘆道：

「看來……還是得仰賴『張護國』了。假如我們沒有失去『鳳翼』和『虎牙』，說不定——不，即使他們仍然健在……榮帝國也已經……」

我這段細語消逝在深沉的黑暗當中，只剩下皇上與寵妃對彼此吐出的情話。

第一章

「好～！這應該是最後一件要搬上船的東西了。有忘記拿什麼嗎？」

我——長年守護榮帝國湖州大城「敬陽」的張家所收養的養子隻影，拍著外衣上的塵埃，回頭看向眾人。

築於將大陸一分南北的大運河沿岸，同時位於敬陽東部的港口有許多人在交談，士兵們也是不斷走動，忙得不可開交。

冬季天氣不適合航行，因此已經很久沒有前往榮帝國首府臨京的船了。

停靠港邊的是兩艋裝有幾個輪子的外輪船，人會這麼多，或許也有一部分是他們覺得這種船很稀奇，想親自來看一眼。雖然也可能是因為榮帝國三個月前進攻過往的盟國——「西冬」，卻反而死傷慘重的敗仗，導致百姓們想藉機讓孩子們離開最前線的敬陽。

畢竟任誰都能清楚感受到掌控大河北方那片土地的騎馬民族——「玄帝國」的威脅……

「唔～隻影大人？」

「怎、怎麼了？」

我想到一半，身旁那位穿著橘底衣服的姑娘忽然明顯不太開心地走到我身旁。她戴著帽子的栗褐色頭髮翹了起來。

這位比我年長，且除了胸部格外豐滿以外，乍看就像個小孩子的姑娘正是在臨京迅速打響名號的大商人——王家的繼承人，明鈴。她繼續朝我逼近。

「隻影大人馬上就得跟全天下最可愛迷人的未婚妻分隔兩地，難道都不難過嗎？像我就覺得好寂寞……好難過……甚至快忍不住哭出來了！唉！早知道就別留在敬陽過冬……嗚嗚嗚～」

「全天下最可愛迷人的……未婚妻…………？」

我無視她一點都不逼真的假哭，刻意如此反問。

這位頻繁向我求婚的麒麟兒原本會更早返回都城，但她以天候不佳和監督軍營材料供給是否順利為由，在敬陽待了整整三個月。這也讓敬陽的防守能力強化得飛快。我一定得找機會回報她這份恩情。

不過，這件事我可不會對眼前這位比我年長，卻還在鬧彆扭的姑娘明說。

「唔～！別對最重要的兩件事感到疑惑啦！……真是的！」

沒有察覺我心中這份謝意的明鈴氣得雙手抱胸。

我看向她身後那位身著黑白服裝，腰上掛著異國短刀的年輕女性——明鈴的隨從，靜姑娘。

她雙手合十，默默向我致歉。初春時分的陽光灑落在她束起的黑色長髮上，反射出美麗光芒。

……哪像我的黑髮硬得要命。

明鈴用食指指著我的鼻頭。她似乎踮著腳尖。

「總、之！雖然這麼說算是自誇……但我這三個月來真的很賣力！每天為了整建敬陽的守備忙進忙出的，甚至還逼自己一天只能擁抱隻影大人三次！可是……可是～～」

「啊……」

比我年長又鬧著彆扭的這位姑娘讓我不知該如何是好。

不過，三次真的太多了。鐵定任誰都會這麼覺得。

而這當然也惹得張家千金……也就是我那位銀髮藍眼的青梅竹馬不開心！向金髮綠眼的軍師姑娘求救，也只換來一句：「這是你的錯吧？」太過分了。

但我也不忍心隨便打發眼前這位忿忿不平的姑娘。

回想起朦朧的前世記憶——千年前那位煌帝國時代的不敗大將軍「皇英峰」，也是對自己人特別好。

……看來我前世今生都是一個樣，毫無進步。

於是暗自苦笑，把手放上明鈴的帽子。

「嗯，妳的確很賣力，我也很感謝妳。尤其是……啊～我想不起來那叫什麼。就是可以挖地

的那個東西。」

我想不起那種工具的名字，嘗試用雙手比劃。

自稱仙娘的軍師姑娘下令在敬陽西方建造大量壕溝與壁壘，然而單用一般的鐵鍬和鋤頭實在應付不來……

在幾次討論過後，明鈴便利用一些門路引進大量來自異國的工具，讓整體工程加快不少。據說打造出那種工具的國家位於遙遠西方的廣大沙漠。

明鈴眨了眨眼，手指抵著下巴，語帶疑惑地說：

「我想想……你是說鏟子嗎？那個前面長得像寬劍，還有握柄的？？」

「沒錯！我去巡視的時候也有試用過幾次，真的好方便。士兵們也很高興挖土跟堆土比以往輕鬆很多……我也覺得自己有點沒出息，竟然從來沒想到這個主意。妳真的是個不得了的才女，總是能適時送來我們需要的東西。實在是感激不盡！妳太厲害了！」

這些都是我的真心話，所以講得毫不遲疑。

若沒有明鈴適時提供需要的材料，現在恐怕才蓋不到一半。

「欸嘿、欸嘿嘿～♪你這樣誇獎我，我會害羞的——……！啊！呃……哼！我、我才不會因為簡單幾句稱讚，就上你的當！我可不是那麼好騙的女人……哈啾！」

明鈴兩手摀著臉頰，害臊地扭著身子時，忽然打了一個噴嚏。

雖然曆法上已是春天，偶爾也會變得比較暖，但仍留有些許寒意。

「妳就是穿得這麼薄，才會打噴嚏喔～上船以後還得吹風呢。」

「唔～！你應該要說『我可愛的明鈴，妳還好吧？』才對——咦？」

我脫下外衣，披上她的肩膀。

莫名感到有些難為情，便撇開視線，迅速解釋。

「穿上它吧。要是害妳感冒了，會很對不起妳的父母。」

附近傳來幾匹馬的嘶鳴，再接著傳來人們的歡呼聲。看來她們順利趕在船出發前過來了。

我稍稍鬆了口氣。明鈴揪著外衣的衣領，露出開心笑容。

「——……好。欸嘿嘿♪隻影大人～☆」

「唔喔！」

我扶住撲到懷裡的明鈴。

糟、糟糕，她要是看到這情況……

明鈴沒有察覺我內心的驚慌，大大的雙眼裡滿是喜悅。

「我的丈夫果然非隻影大人莫屬！這件外套我會當成寶物好好珍惜的。」

她沒有在開玩笑。

明明這件外衣只是分發給士兵的一般外套。我搔了搔臉頰。

「真受不了妳……喔，她們好像來了。」

「唔唔唔！」

傳進耳裡的歡呼聲愈來愈大，同時，也能看見先前在敬陽西方監督防禦工程的兩位貌美姑娘朝著我們走來。

其中一人用紅繩綁著她的長銀髮，蒼藍雙眸的光采銳利得宛如刀光。穿著和我一樣的外衣，腰上掛著被稱作「天劍」的其中一把劍——「白星」。

她是「護國神將」張泰嵐的獨生女，白玲。也是我的青梅竹馬。

另一人則是用藍繩綁著那頭在榮帝國相當罕見的金髮，瀏海遮住了左眼的姑娘——瑠璃。同時是我們的軍師。她用藍帽對著自己搧風，看來是急忙趕來的。

白玲在和瑠璃一同走來我們身旁之後雙手環胸，朝我瞪了一眼。

「……隻影？你們兩個在大庭廣眾之下做什麼？？」

「雖然已經見怪不怪了，但你們這樣會引人側目。」

瑠璃也跟著白玲如此說道。

不過，她不同於真的有點生氣的白玲，只是想故意讓場面更加混亂，等著看好戲而已。妳、妳這個調皮的軍師！

我只好嘗試對這位生氣的張家大小姐解釋。

「啊……這不是我的問題──」
「妳來啦，礙事鬼！竟然想在這時候拆散我跟隻影大人……妳也多少學學怎麼察言觀色吧！瑠璃也這麼想吧？對不對！」
我還來不及說完，明鈴就擅自挑釁白玲。
……喔？這該不會是個大好機會吧？
「妳這話我可沒辦法當作沒聽見。妳說是拆散誰跟誰？」「不要扯到我。」
白玲一如我的預料，和明鈴吵了起來，開始逼問瑠璃誰說得有理。很好、很好。
「──隻影大人、隻影大人。」我打算悄悄從她們三個身旁溜走時，人在木箱後頭的靜姑娘立刻出聲呼喚我。她真是善解人意！
「隻影大人，謝謝您安慰明鈴大小姐。她早上還很消沉……但看起來已經不要緊了。」
我一急著躲到木箱後面，黑髮隨從就立刻向我致謝。我連忙反過來感謝她與她的主子。
「啊，妳不用這麼客氣，小事而已……不對，也不算小事，但明鈴跟靜姑娘這幾個月幫了我們不少忙。我們才應該道謝。」
我沒有問過這位來自異國的美女為什麼會侍奉明鈴的來龍去脈，不過她學識非常淵博，我、白玲跟瑠璃常會在有煩惱的時候向她尋求建議。
「「……呵呵。」」我們同時抬起頭，輕輕笑出聲。

而白玲跟明鈴仍在繼續吵架。真搞不懂她們到底是感情好還是不好。

銀髮的貌美姑娘半瞇著眼說：

「妳應該要懂得節制，在眾目睽睽之下抱住隻影太不檢點了。」

「哎呀哎呀？照妳這麼說，就是我可以在沒有眾目睽睽的時候抱住隻影大人嘍？……呵呵呵～♪看來張家的大小姐總算想通了！以後我跟隻影大人結婚，妳就會變成我妹妹——唔唔！」

比我年長的姑娘太過得意忘形，被白玲伸手摀住了嘴。

接著便用鬧彆扭的眼神看向明明躲在木箱後面，照理說應該不會被看到的我……呃，妳是要我怎麼辦？

短暫沉默過後，白玲忽然刻意大喊：

「……我勸妳最好別再說了。不然就要把妳一入夜就來找我跟瑠璃哭訴『不想回去臨京』這件事告訴隻影喔！」

「唔唔～！」「妳講這麼大聲，他應該都聽到了吧？」

明鈴的臉頰瞬間變得通紅，瑠璃則是重新戴好帽子。

靜姑娘以充滿慈愛的眼光看著在逃出束縛後仍然勇敢與白玲作對的主子，說：

「明鈴大小姐從小就是家人與外人皆知的才女，她也因此交不到任何年齡相近的朋友——」

黑髮美女端正站姿。那雙彷彿黑珍珠的眼睛與我四目相交。

她眼中存在強烈擔憂。
「大小姐待在敬陽的每一天都明顯過得非常愉快。身為隨從，自然也是再開心不過——……隻影大人。」
「我知道。不會讓白玲跟瑠璃喪命。」
目前情勢比「玄國」前任皇帝七年前試圖南征那時候還要惡劣許多。
愚蠢副宰相的私欲以及意在邀功的禁軍元帥，使得榮帝國在進攻西冬的這一仗失去眾多將軍與兵卒。
現在只剩下老爹跟都城的老宰相能夠守住這個國家了。
我觸碰腰上那把與「白星」成對的「黑星」，凝視著跟明鈴爭執不休的白玲，以及被牽扯進她們這場紛爭的瑠璃。
……我可能頂多保住她們兩個的命吧。於是呼喚某兩個人的名字。
「空燕、春燕，你們應該在吧？」
「「啊，是！」」
準備好行囊的異國少年與姑娘立刻現身。
他們是在進攻西冬前自願從軍的雙胞胎義勇兵。今年十三歲。
我的副將庭破說他們是軍中最年少的士兵……但實在太年輕了。

說不定他們本來可以——

我強忍內心的激動，避免顯露在臉上，接著對神色緊張的兄妹說：

「你們應該都聽庭破說了吧？我想拜託你們擔任明鈴與靜姑娘的護衛。我其實很捨不得讓撐過上一場仗的你們離開，而且還是緊跟著我和白玲的馬，替我們遮上箭矢的大功臣……」

「啊……」「少、少爺……？」

我輕拍在異鄉努力討生活的這對兄妹的肩膀。

「萬事拜託了。若沒有保護好張家的大恩人，就是一輩子的恥辱。責任重大喔？」

「遵、遵命！」「我們一定會捨命保護她們！」

年幼的兩人泛紅臉頰，輕拍胸脯。

前世的記憶浮現腦海。

……當年露出這種表情的那些士兵，都沒有平安從戰場上歸來。

我大力搖頭。

「傻瓜。死了怎麼保護人？你們要努力活下去——拚命地活下去，好完成自己的任務。反正明鈴八成會等天氣比較好的季節再過來敬陽，你們到時候就順便跟著她回來吧。好～！現在沒時間拖拖拉拉，你們也快上船吧！」

「「遵命！張隻影大人！」」

雙胞胎絲毫不掩飾內心激昂，大步前往船上。

我前世今生都不信神……但還是暗自向過去看著我與好友們一同發誓統一天下的千年老桃樹祈禱。

希望我們未來能夠見到不必再讓那對雙胞胎上戰場的太平盛世。

我睜開雙眼，向黑髮美女說：

「靜姑娘，就麻煩妳照顧他們了……」

「我知道。請儘管放心交給我。」

「謝謝妳。」

我知道，我當然知道……這麼做其實是偽善。

這次有很多女人和小孩無法搭船離開。

我們張家已經在冬天時盡可能疏散百姓，但等到「玄國」在北方融雪過後開始進攻，就無能為力了。

——震耳欲聾的銅鑼聲響起。船要出發了。

提著行囊的靜姑娘凝視敲擊彼此拳頭的白玲、明鈴跟瑠璃之後，開口說出一段話。伴隨寒氣的風吹起了她的黑髮。

「隻影大人，我想借您的話提醒一件事。請務必記得，人要活下去，才能遇到轉機。死人是沒有任何前途的。我以前……也有過類似的經歷。」

靜姑娘的祖國可能已經滅亡了。

而她也知道我在情況緊急時，會不惜賭命。

「我會把妳這番話銘記在心，絕對不會在當上小城文官之前丟掉這條命。」

「呵呵呵……夢想總是遠在天邊。祝您武運昌隆。」

靜姑娘笑著如此說道，便走往船上。

——武運啊……

的確是滿需要的。至少要當年闖過七曲山脈那樣的武運。

緊接著換白玲走來我這裡。

她理所當然似的站在我身旁，眼睛直盯豎著「王家」旗幟的外輪船。我正好看見那對雙胞胎神色緊張地對剛會合的明鈴跟靜姑娘打招呼。瑠璃看來打算在船附近目送他們離開。

「唉，真受不了明鈴……你剛剛跟靜姑娘談了什麼？」

白玲聽起來仍有點在鬧彆扭。她似乎不太高興我和那位黑髮的隨從單獨談話。

不過……我也不方便對她說剛才那些話，只好故意敷衍她。

「我們稍微談了些與人生有關的大事。」

「……哦～這樣啊。但我看你倒是一臉好色的模樣呢。」

「什麼！妳、妳啊——」

「開玩笑的。」

「…………」

這傢伙真可惡。張白玲真是太可惡了。

我側眼瞪著彷彿若無其事的青梅竹馬時，又傳來一次銅鑼聲。

外輪船在小船的拉動之下，逐漸前行。

「白玲。」「隻影。」

我們同時呼喚彼此的名字，對彼此點點頭。

隨後跨步飛奔——

「瑠璃！」「瑠璃姑娘！」「咦？等、等一下，你們要做什麼？」

我跟白玲一同牽起瑠璃的手，靠近船邊。

撥開正在揮手和布條的人群時，看到被靜姑娘抱著的明鈴從船上探出頭來。

她已經哭紅雙眼。

明鈴立刻發現我們，大力揮著帽子喊道：

「白玲姑娘！瑠璃！隻影大人！我們……我們下次敬陽見！！！！」

「「「**敬陽見！**」」」

我們也大聲回答，並停下腳步。

我瞥向白玲和瑠璃，她們也一樣在擦拭眼角。

白玲、明鈴跟瑠璃之間的友誼似乎在共度了一整個季節過後增進不少。

我想起前世的好友——煌帝國「初代皇帝」飛曉明，以及「大丞相」王英風。

……忽然覺得有點羨慕。真希望他們也在這裡。

我抹去腦海裡的妄想，催促白玲和瑠璃。

「好了——我們也回去宅邸吧。我想在老爹回來之前先聽聽目前的情勢跟防守情況，麻煩妳了，身經百戰的軍師姑娘？」

＊

「我不喜歡兜圈子，所以就明講吧——目前的情況糟透了。把目前知道的情報拼湊起來，可以知道玄國皇帝『白鬼』阿岱韃靼正企圖大舉進攻榮帝國。等大運河的冰融化，勢必會發生一場大戰。當然了，他們一定會先以『這裡』為目標，嘗試殲滅張家軍。」

敬陽——我在張家宅邸的寢室。

從港口回來過後，瑠璃便開始對我們冷靜解釋目前情勢。

原本躺在床鋪上的黑貓——「小唯」甩了甩尾巴，鑽進被子裡。似乎是覺得我們很吵。

白玲用鐵筷挪動火盆裡的木炭，瑠璃則是靈巧地轉動手上毛筆，迅速在桌上那張敬陽附近一帶的地圖寫下文字和符號。

主要集中在敬陽西方。

「幸好有明鈴負責總指揮，加上有張將軍允許，我們的防守在這個冬天增強了不少。尤其是以往毫無防備的西方。目前也接連開始利用從敵人那裡帶回來的投石器訓練習慣巨響。」

北方有大河這個天然壕溝，且就算敵方成功渡河，還得闖過「白鳳城」。然而，西方是一大片平原。由於過去的盟國「西冬」已經與我們為敵，使得張家軍必須設法加強防守西方。

玄國引以為傲的「四狼將」之一「赤狼」的強烈攻擊，至今仍歷歷在目。

所以瑠璃一回到敬陽，就立刻帶著地圖騎馬到當地巡視，並強烈建議我們必須加強西方的守備。雖然多少是因為我跟白玲有幫忙說話，也幸好老爹願意全盤接受瑠璃的提議。

「你們很信任她，對吧？既然如此，我也願意相信她。」

真不愧是大將軍，太有度量了！一般人很難放心相信一個不熟悉的人。

瑠璃將毛筆放上硯台。接著坐到附近的長椅上，雙手合十，猶如在祈禱。

「可是……我們的好消息也就只有這些。」

白玲替我們放好茶碗，往碗裡倒入溫熱的茶。

我則是在一旁將茶點放上小碟子。

白玲在倒完茶之後，冷靜地接著說下去。

「有勇無謀的征討西冬之戰，榮帝國因此失去了無數將領與士兵，甚至失去了『鳳翼』徐秀鳳大人、『虎牙』宇常虎大人，還有眾多精銳。雖然瑠璃姑娘的計策讓我們成功在『亡狼峽』殺死『灰狼』，但完全不足以彌補整個榮帝國的損失。等於是徒勞無功。」

我想起在蘭陽為了保護我們和兒子而陣亡的徐將軍，和據說英勇奮戰到最後一刻的宇將軍。也想起對某兩個人的怒火——也就是陣前放棄指揮軍隊的副宰相，與發動無謀突擊的禁軍元帥。

忠誠勇猛的名將們戰死沙場，不戰而逃的卑鄙小人與最先吞敗仗的將軍卻奇蹟似的活著返鄉……甚至幾乎沒有受到任何譴責。這世界實在太過無情。

我坐上桌子附近的椅子。

「請用。」白玲將茶碗和小碟子遞給瑠璃，隨後坐到我身旁。

瑠璃無力地拿下帽子，喝了一口茶。

「他們重新進攻一定會兵分二路，屆時我們會被迫同時面對北邊的玄國軍，以及西方的西冬軍，還得以寡敵多……」
「敵方大約會派出多少兵力？」
我邊提問邊把茶喝完，白玲便以極其自然的動作替我倒新的一碗茶。
或許是因為她冬天常常跟明鈴鬥茶，才會練得如此順手。
我把完全沒碰的甜茶點移去青梅竹馬的小碟子裡。這時，瑠璃憂鬱地皺起眉頭說：
「玄軍最少會有二十萬騎兵。西冬軍會以重裝步兵為主，大約十萬人。而且兩國勢必都會帶上攻城用的投石器。」
西冬不只貿易發達，也擁有來自異國的先進技術。
身穿金屬甲胄的騎兵已經是一大威脅，要是有大批投石器同時對敬陽射出石彈或是點火的金屬彈……
「「…………」」
我和白玲都不禁打起寒顫，實在不想去想像那種情景。
瑠璃將甜茶點放入口中。
「而我們只有主力張家軍、徵招的義勇兵、跟我們一起撤退，至今還留在敬陽的士兵，加起來頂多六萬左右。敵方開始進攻之後，或許還會再多一些人，可是……」
她緩緩搖頭。

意思是「兵力落差大到難以彌補」啊。

我和白玲老實說出內心想法。

「這樣根本無法抗衡。而且分散兵力防守北方跟西方，萬一讓敵人成功渡河，甚至闖過『白鳳城』……連要決戰都很困難。」

「先不說臨京，如果徐家或宇家能派兵支援，或許還有點辦法……」

徐家軍和宇家軍在上一場仗失去了主將，軍隊也受到毀滅性的重創。

即使重義氣的飛鷹想派人過來，徐家軍也不可能在這麼短的時間內整軍上陣。

……假如撤退那時候我堅持要他跟著我們走，那個可怕的「黑刃」或許就不會找到他們了。

「隻影。」

白玲捏起我的袖子。她的雙眸顯露安慰與斥責。

——不要只責怪你自己。我也有責任。

……我果然就是拿這傢伙沒辦法。於是輕輕敲打銀髮姑娘的白皙手指，表達謝意。

一旁看著我們的瑠璃站起身，替自己倒茶。

「只要不讓他們成功渡過北方那條河，要爭取時間就不是難事。我先前去看過『白鳳城』，敵人不會輕輕鬆鬆就攻陷那座城。」

「我想也是。這麼一來……問題就在怎麼防守西方了。」

玄國七年前的大舉進攻過後，老爹與身經百戰的老將禮嚴就在大河沿岸築出了固若金湯的城寨。雖然不一定能擋住少數悄悄渡河奇襲的士兵，至今也從來沒有大軍闖過白鳳城。

瑠璃稍嫌失禮地坐到桌子上，金髮隨之搖擺。她露出不懷好意的笑容。

「是啊。幸好有之前提到的那個很方便的東西——是叫鏟子嗎？城牆跟壕溝才能比原本預料得還要更快築好。我們不會讓他們用騎兵長驅直入，更不會讓他們用上投石器！西冬的重裝步兵當然也不例外。要是敢攻過來，就走著瞧吧。」

我們的軍師姑娘似乎也很中意那個來自遙遠西方沙漠的工具。

白玲搶走了我放在小碟子裡的小饅頭。

可惡～！我、我是故意留在最後吃的耶！

「我知道你忙著訓練新兵，還得整軍，不過你最好還是偶爾到當地看看。不然會影響我方的士氣。」

「……我明天就會去看看啦。」

「聽起來有點心虛喔。」

「唔唔唔。」

銀髮姑娘戳著我的臉頰如此說道，而無法反駁的我只能出聲抗議。

老爹這幾天要和老宰相私下商討，人不在敬陽，於是軍務全落在……咳咳，是全部交由我處理，導致我忙得不可開交。

所以西方的防禦工程是完全交由白玲與瑠璃處理。

不知道什麼時候跑出床鋪的小唯跳到了桌上。

瑠璃摸著變得很親人的黑貓，臉上顯露淘氣神情，彷彿想到可以怎麼惡作劇的小孩。

「白玲只是單純因為不能常常見到你，覺得寂寞罷了。張隻影大人，我看你最好也該學學怎麼讀懂女人心喔？」

「……咦？」

我不禁發出怪聲。白玲覺得寂寞？

我直盯著一旁的銀髮姑娘，不久，她就驚慌失措地起身說道：

「瑠、瑠璃姑娘！……你可別誤會了。我才不會寂寞。只是覺得你最近也很忙，我們好像都沒時間見上面……」

「咦？但我認為妳這說法就是可以解釋成『覺得寂寞』啊？？」

「～～～唔！瑠、瑠璃姑娘！」

我們的軍師姑娘似乎很清楚該怎麼調侃白玲了。

……該說人總是比較擅長觀察別人嗎？

瑠璃放下茶碗，改拿起毛筆。

「那麼，已成慣例的調侃白玲就先到此為止——」

「呃，不需要這種慣例啦。」「……瑠璃姑娘真壞心。」

我不禁苦笑，白玲則是噘起嘴唇。

然而這位仙娘卻是逗起貓咪，身邊飄出據說是方術，而且一閃即逝的白花。

——她的眼中顯露高深智慧。

「得和你們說說我的看法。我們目前加強防守的用意在抵擋來自北方和西方的敵軍，但敵我雙方的兵力相差甚大，即使有張將軍在，要藉著城外戰取勝依然是天方夜譚……畢竟對手是善謀略的『白鬼』阿岱。若他們想單純以人數優勢攻下敬陽，我們也只能拚命嘗試擋下他們。」

前世和今生的我，終究只是個在戰場上殺敵的武人。

我無法像老爹、阿岱跟瑠璃那樣，能夠眼觀大局。

……確實沒有那樣的能耐，不過——我離開椅子，望向地圖。

瑠璃用毛筆在某處畫出一條線。

「而我們最大的問題——就在這裡。」

白玲搗起嘴巴，我則是面露難色。

「那裡是……」「大河下游……假如他們從東邊渡河……」

玄帝國以往都是以攻打位於大運河要衝的敬陽為主。

但是……要是他們從大河下游進攻——

瑠璃低頭看向小唯，同時以平淡語氣繼續說道：

「張家軍個個都是精兵。現在沒了徐家軍跟宇家軍，張家軍可說是榮帝國目前最強的一支軍隊。可是只能防守敬陽這一帶，無法再分散軍力防守他處。而玄國軍隊已經有辦法穿越險峻的七曲山脈，拿下『西冬』……無法保證他們不會進攻大河以南。」

「我能理解瑠璃姑娘的想法。但是前往臨京還得經過廣闊的濕地和無數河川，並不是適合騎兵行軍的地形，而且路上也有一些防衛部隊鎮守，不是七曲山脈那樣的無人之境。他們強行從此處進攻，勢必會犧牲不少兵力。『白鬼』應該也很清楚這一點吧？」

瑠璃的疑慮和白玲的反駁都是對的。

假如率領的將軍夠優秀，騎兵就會是一種具有強大殺傷力的兵種，但在濕地和沼澤地這類地形上，並無法發揮騎兵的優勢。尤其以北方大草原為家的玄國人非常愛馬，甚至會極力避免只能以步兵行軍的戰場。

這或許也是選擇受到無數河川環繞的「臨京」作為都城的一大主因。

所以，敵軍照理說不太可能從東方進攻。

——但我們的對手可是那個阿岱。

瑠璃瞇細猶如寶石的綠眼，跳下桌子。

她一邊徘徊，一邊提出自己的想法。

「『白鬼』在用兵上非常謹慎，而且他很清楚**『張泰嵐是榮帝國當中唯一足以稱之為威脅的強敵』**。玄國軍隊——也確實除了七年前那場南征，都會澈底避免與張泰嵐正面交鋒。所以，他們應該也很有可能忽略敬陽，直接攻打大河東方吧？再加上現在沒有徐家軍跟宇家軍備戰，換作是我就會把握這個破綻，強行渡河。」

「「…………」」

我和白玲陷入沉默。

老爹的確是榮帝國最強的武將。

但從旁輔佐他的「鳳翼」和「虎牙」已不在人世。他們……已經不在了。

阿岱確實不是完全不可能為了避免與張泰嵐正面交鋒，反而大膽繞路渡河。然而，張家軍並沒有足夠兵力守住整條大河。

……如果能把榮帝國所有軍隊交由老爹指揮……

瑠璃凝視起感覺隨時會下雨的窗外。她以開朗語氣繼續說下去，彷彿是在逼自己別太悲觀。

「當然了——假如臨京宮廷裡那些高官不要太過急躁，還是有辦法擋下已經渡河的敵人。就像剛才白玲說的，繞過敬陽就得經過不利騎兵行軍的地形，進軍速度自然也會放慢。所以就算只有在途中鎮守的防衛部隊與缺乏鬥志和鍛鍊的禁軍，也能輕易擋下他們的攻勢。」

我配著茶，吃下最後一個茶點。接著瞥了「黑星」一眼。

一直煩惱下去也不是辦法。等他們真正進攻，我也只需要上陣殺敵就好！

「真搞不懂聽到妳這麼說是該高興還是擔心。」

「也只能相信老宰相了。」

白玲似乎也看開了，伸手拿起「白星」——這時，門口響起鈴聲。我們一同望向門口。

「打擾了——白玲大小姐、隻影少爺、瑠璃姑娘。」

留著及肩褐髮的纖瘦女子——也就是白玲的隨侍女官朝霞打開門，走進室內。她平常相當活潑開朗，現在卻顯得格外緊張。

銀髮姑娘一邊遞給我「黑星」，一邊詢問：

「朝霞，怎麼了？」

我接過劍，不經意看往桌上的畫軸，並注意到大河下游的某個地名。

——「子柳」。

褐髮女官挺直背脊。

「老爺回來了，說有急事想商討，想請各位儘快趕往別邸……老爺神情看起來相當凝重。」

＊

「喔喔，白玲、隻影、軍師姑娘。很抱歉我一回來就找你們過來。」

在別邸等待我們到來的是面容相當有威嚴，留著美髯的壯漢——「護國神將」張泰嵐。本應待在前線的那位白髮白鬚的老將——禮嚴也在。他們都穿著軍袍。

老爹正看著桌上那張地圖。或許是如今必須一肩扛起守護國家的重責大任，使得他的頭髮和鬍子都明顯摻雜白絲，神情也顯露些許疲憊。

他的模樣格外嚴肅，而且連老大爺都在場。

看來和老宰相私下商討得到的結果……

白玲跟我對彼此看了一眼，向老爹行禮。

「爹，您回來了啊。」「很高興看到您平安無事。」

隨後，老爹便一改嚴肅神情，露出笑容。

瑠璃拿下帽子，戰戰兢兢地說：

「張將軍，您稱呼我『軍師姑娘』，似乎有點太抬舉我了……」

「軍師姑娘就是我們的軍師吧？不是嗎？」

「…………」

老爹摸著下巴的鬍鬚笑道……哇，他是故意的。

銀髮姑娘讓瑠璃躲在自己身後，我則是對這位不只是榮帝國最強，還很淘氣的武將說：

「老爹，請別太調侃我們這位仙娘。她只是乍看目中無人而已，實際上是個成天黏著白玲跟黑貓，還格外不服輸的小孩子。」

「咦！……張隻影大人？」

「我說的是事實吧？」

「唔……」

拿白玲當擋箭牌的瑠璃聽起來很不甘心。這種時候就會感覺她年紀確實比我小。

隨後，一道豪邁笑聲立刻充斥室內。

「哇哈哈哈！抱歉、抱歉，我不是想調侃妳。希望妳可以原諒我。」

老爹微微低頭致歉。

瑠璃著急地從白玲身後走出來，揮動雙手說道：

「啊，呃，沒、沒關係，您、您不需要放在心上……」

「謝謝。我常聽白玲跟隻影提到軍師姑娘的功績喔。」

「爹，瑠璃姑娘真的是個不得了的人才。」「白、白玲！……真是的！」
被張家父女耍得團團轉的仙娘重新戴上帽子，戴得幾乎要遮住眼睛。
她戳弄身邊飄出的白花，瞇細雙眼說：
「……晚點再找你算帳……」
居然把矛頭轉到我身上。我們的軍師姑娘腦筋果然動得很快。
我忍不住顯露微微笑意，並對禮嚴說：
「老大爺，好久不見。你不在前線不要緊嗎？」
「交給庭破顧著，別擔心。」
與禮嚴是親戚的那位青年在經過「赤狼」、征討西冬、情勢極度不利的撤退、在「亡狼峽」利用火槍與火藥的幾場戰役過後，已成了足以扶持張家軍的年輕將領。
善良又豪邁，且身經百戰的老將高興笑道：
「他在少爺與白玲大小姐的帶領下，已經是個能夠獨當一面的好將領了。或許再過不久，連我這老頭子也能夠安享天年嘍。」
「『鬼禮嚴』要離開戰場？玩笑話可不能隨便說啊。」
「別太操勞老人家了。連古代那位『王英風』都曾這麼說過呢。」
「史上唯一一位大丞相還真是留了句麻煩的話啊。」

……英風說過這種話嗎？我記得他反而常常使喚老人家做事吧？

我一邊和老大爺談笑，一邊回想前世的記憶時，白玲忽然清了清喉嚨。

「咳——爹，您找我們來，是要談什麼事？老宰相有說什麼嗎？」

我們三人的目光全聚集在老爹身上。

不知道從哪裡鑽進來的黑貓小唯跳到了桌上。

「……說得也是。對了，話說在前頭，壞消息比好消息多。」

老爹走往窗邊。室內氣氛瞬間緊繃起來。

榮帝國首屈一指的武將背對著我們，以平淡口吻解釋詳情。

「第一件事，老宰相對『玄國』很可能在今年春天過後再次南征感到非常擔憂。還有……若玄國開始南征，也不可能派剩下的禁軍來敬陽支援。上次那場敗仗似乎讓皇上相當痛心，所以不敢讓整個都城毫無防備……甚至倖存的禁軍大多是林忠道和黃北雀的人，就算想叫他們硬著頭皮來，也不可能會聽話。據說他們也遲遲沒有重新整軍。」

「「「…………唔！」」」

情況比預料中還要更糟，我們的神情都不禁僵硬起來。

我本來就認為應該得不到禁軍的助力

但也稍微期待他們會多少派點兵力過來。

敬陽這裡可以藉由大運河直通臨京。

明明張家軍沒有守住敬陽，「榮國」就得面臨滅國的威脅，竟然還不願意派兵支援。

……他們難不成是瘋了嗎？

畢竟是明知是有勇無謀還堅持攻打西冬的人，問這種問題或許也是白問。

我和白玲忍著不伸手扶住疼痛不已的頭，硬擠出喉嚨裡的話語。

「老爹，這也太離譜了吧？」「……爹。」

「別急。壞消息還不只這樣。」

「居、居然……」「還有嗎？」「…………該不會——」

我跟白玲幾乎快說不出話，而瑠璃似乎察覺到了什麼。

老爹坐上附近的椅子。

能夠從他眼中窺見深沉的失望。

「我跟老宰相商討到一半時，有位傳令捎了一份來自都城的消息過來。那份消息……」

雲朵遮住天上的太陽，室內因而變得昏暗。

「張護國」雙手環胸，緊閉雙眼，似乎在強忍著內心的憤怒。

「提到徐家跟宇家受到懲罰。說**『兩位將軍的敗北招致征討「西冬」失利，因此，將剝奪徐家和宇家的部分權力。兩家當家若有異議，速至臨京闡明詳情』**——據說宇家當家沒有去臨京，但接受皇上傳喚的徐飛鷹似乎因此被捕，目前關在宮裡的地牢。」

「「「…………」」」

室內充斥著沉重的沉默。

他們不只要求徐家跟宇家扛下打敗仗的責任，還把飛鷹打入大牢？

或許是因為老宰相人不在都城，才會發生這種事……但未免太荒謬了。

我用眼神向白玲示意，接著開口勸告：

「老爹，這玩笑話實在不好笑啊。」

「徐將軍、宇將軍和飛鷹在那場仗都是非常英勇地為國奮戰。當然了，連撤退時也不例外。他們不應該受到如此懲罰……這到底是怎麼回事？」

一陣巨響響起。小唯嚇得逃進家具之間的縫隙。

老爹舉起他捶壞桌子的拳頭，臉上滿是氣憤。

「我當然知道！蘭陽那場敗仗不是秀鳳跟常虎的錯！真正有錯的，是那個最先提出這場荒謬的遠征，卻臨陣逃亡，放棄指揮軍隊，甚至——！」

老爹睜大雙眼，眼中烈火道盡了他的憤慨。

……老爹會氣成這樣不是沒道理。畢竟徐將軍和宇將軍是他無二的好戰友。

「甚至只帶著自己率領的軍隊逃之夭夭的副宰相林忠道，還有那個貪圖功名，害得榮帝國兵敗如山倒的禁軍元帥黃北雀……然而，然而啊——」

受人民尊稱「護國神將」的武將滿臉悲痛，伸手摀住額頭。

我是第一次……看到老爹這樣。瑠璃小聲說了一句：「……糟透了。」

「這全是皇上下的令。」

「……這實在是……」「……隻影。」

我啞口無言，白玲則是神色不安地捏起我的袖子。

這種愚蠢至極的處置竟然是皇上親自下令的？

那、那徐家跟宇家不就——

老爹拚命忍住內心的激動，以沉痛語氣接著說道：

「……老宰相後來也立刻中止這場商討，趕回臨京。他說保證會撤下對徐家和宇家的懲罰，也不會讓徐飛鷹就此命喪黃泉，但勢必得等上一段時間。」

白玲不安得渾身顫抖，我牽起她的手開始思考。

要保住飛鷹的命並不難。因為皇帝擁有至高無上的權力。

但是撤回短短幾天前發布的聖旨，百姓又會做何感想？

我將自己得出的答案告訴老爹。

「是因為太快撤回，會引發都城百姓不滿嗎？」

「……嗯。尤其征討西冬大敗的消息已經傳遍整個都城了。」

「那也不應該——！」「這是一步壞棋。」

瑠璃用她的小手制止忍不住大吼的我，向前踏出一步。

現在的她，是戰場上那位冷靜沉著的軍師。

金髮綠眼姑娘抱起黏在腳邊的黑貓，無情地說：

「這是一步天大的壞棋。我猜大概是皇上的外戚副宰相，或是那位奇蹟生還的親信——禁軍元帥出的餿主意吧。唉……」

瑠璃低頭看向桌上，嘆出一口憂愁。

隨後放下小唯，用她纖細的手指在地圖上比劃。

「這下榮帝國不只要面對北方的『玄國』與西北方的『西冬』兩個外敵，還得防範國內西部和東部兩個隨時可能炸開的『火藥桶』。而且不只是應該繼承家業的長子被捕入獄的徐家，知道此事的宇家想必也不會願意在敵國進攻時派兵支援。說不定……還會趁亂獨立。畢竟徐飛鷹是接受傳喚才入獄，但宇家沒有任何人因此被捕，這或許也證明宇家對朝廷起了疑心。」

「啊……也就是說——」

我拚命用不算聰明的腦袋思考，再向瑠璃確認我們的處境。
面色蒼白的白玲似乎比我更早一步得出結論，正緊抱著我的左手。
「就算敵國開始進攻，也不會有任何援軍來幫我們，對嗎？」
「對——就是得『孤軍奮戰』、『蹈鋒飲血』、『勇往直前』。你們男孩子最喜歡這種詞彙了吧？」
「哈、哈哈。」
人在真正束手無策時，會變得只擠得出笑聲。
……可惡！
面臨滅國危機，居然還得孤軍奮戰？糟透了！
我深呼吸幾次過後，白玲也加入討論。
「爹，我們和瑠璃姑娘一起推測過今後的戰局……發現有件事很讓人擔憂。」
「妳想說敵人可能從大河下游渡河，對吧？」
「「「唔！」」」
老爹若無其事地回答，令我們大為震驚。禮嚴則是顯得很以我們為傲。
仔細想想……老爹會預料到這點也不奇怪。
「張護國」是榮帝國的守護神。

也是唯一能與「白鬼」阿岱韃靼抗衡的男人。

老爹左右揮動他那巨大的手。

「不過……即使知道敵人可能繞去大河下游，我們也無能為力。北方有二十萬騎兵精銳，西方有十萬重裝步兵。而我方再怎麼不顧一切地動員，也頂多不到六萬五千人。我們的敵人已經達成王英風所說的『至少得擁有三倍兵力，才可攻敵』。如果阿岱不惜犧牲無數將領與兵卒——」

我從老爹眼中的悲觀，看出他早已知道這場仗的結果。

老爹深吸一口氣，閉上雙眼。

「我們就不會有任何勝算。」

即使是百戰百勝的武將，也不得不如此斷定。我連前世都不曾遇過這種事呢。

白玲放開我的手，深深低下頭。

「……對不起。」

「用不著道歉。我不是在責怪你們。」

老爹對眼泛淚光的愛女搖了搖頭。

——這場仗沒有一絲希望。

畢竟就如瑠璃的猜測，張家軍精銳絕對不可能守住整條大河。也就是說——

「老爹——」「您要拋棄東方戰線，對吧？」「……唔！」

我跟瑠璃幾乎在同一時刻察覺重點所在。稍晚察覺到的白玲似乎有些不甘心。

我與金髮軍師一同露出無所畏懼的笑容，接著刻意以粗魯語氣講述自己的想法。

「我們的勝算與張家軍的人已經夠少了，要是再被迫分散兵力……說不定連城都守不住。」

我把放在地圖上的棋子分別擺在敬陽北邊與西邊後，金髮姑娘再接著說下去。

她激動的心情化作飄在身邊的花瓣，讓黑貓興奮不已。

「所以，『張家軍不會干預東方的防守』——您會和老宰相私下商討，應該也是想親自告知他這件事吧？畢竟張將軍率領的騎兵，也無法在東方那樣的地形發揮真正實力。」

守護榮帝國的將領與兵卒大多已戰死蘭陽。

因此剩下的張家軍必須在孤立無援的情況下，抵禦極為強大的敵軍。

畢竟榮帝國目前就是缺乏兵力，我們也沒辦法無中生有。

老爹輕拂他的美髯，對老大爺聳聳肩。

「嗯……沒錯。看來是你贏了，禮嚴。」

「這不算什麼，只不過是老人家上了年紀，見識自然較廣罷了。」

他們似乎在賭我們會不會發現這件事。真受不了這兩人。

白玲走回我身旁以後，老爹便敲打劍鞘說道：

「我們只需專心防守敬陽！若能逼迫他們打攻城戰，即使敵軍勢如雲霞，也能夠與之抗衡。雖然敵人確實有可能從大河下游渡河——但阿岱從來不打弊大於利的仗。何況他們以身為騎馬民族為傲，絕不會輕易派出以『步兵為主的軍隊』……隻影、白玲，你們找到了一位好軍師！」

聽到老爹如此肯定瑠璃，我也高興得彷彿是自己受到讚賞。

「呵呵呵♪」「別、別這樣！」白玲似乎也和我一樣高興，從顯得害臊的仙娘身後抱住她。

我欣慰地看著她們要好的模樣，同時對老爹說：

「這下可以少動很多腦筋，我也是樂得輕鬆。」

「你這麼不想動腦，倒是還在妄想當個小城文官嘛～」

「白、白玲！」

「你不適合當文官喔。」

「瑠、瑠璃！」

太過分了。張家的大小姐跟我們的軍師都好無情。

居然一起否定我這份小小的夢想，妳們還是不是人啊！

……這麼說她們只會加倍反擊，所以我保持沉默。

「少爺，人有時也需要適時放棄喔。」

「哈哈哈！隻影，死心吧。是你輸了。」

「居然連老大爺跟老爹都這麼說……」

我暗自對本來以為會替我說話的兩人感到忿忿不平時，連小唯都像是覺得很無聊似的打了個哈欠。

——張泰嵐高舉左手。

「待大運河融冰，他們必定會立刻從北方與西方進攻我國。白玲、隻影、瑠璃，你們千萬不可疏於準備！要是我們敗下陣來——榮帝國將不復在。」

「「是！」」「我定會盡到身為軍師的職責。」

＊

「咕唔……咕唔唔…………」

當天夜晚。

我在寢室裡面對處於極度劣勢的棋盤，煩惱得不斷哀號，也把自己的黑髮抓得亂糟糟的。

左翼和右翼……不行，完全沒救了。

就算要從之前曾成功攻陷一次的中央進攻，也沒多少勝算。

——隻影大人！這個東西很～溫暖喔！請用用看！

幸好有明鈴從西冬帶來的暖水袋能裝著宅邸裡的溫泉水，再加上腳下有個大火盆，身體是不會覺得冷……

而且我明明才剛洗好澡，卻覺得心好冷！快冷死了！

唉，早知道就不要跟天才軍師下棋了。真沒想到她會如此不服輸。窗外傳來的雨聲讓我完全無法集中精神。

「來啊來啊～張隻影大人，快走下一步啊～」

穿著藍色薄睡袍的瑠璃在棋盤另一頭看著我苦惱的模樣，露出微笑催促我走下一步棋。她的睡袍跟白玲的一樣，但不同色。至於白玲則是工作比以往晚處理完，現在正在洗澡。

瑠璃沒有束起頭髮的模樣跟那沒有多少起伏的身體線條讓她比平時更顯得年幼，但我不打算刻意說出來惹她生氣。而且瑠璃不在場時，白玲也經常在話中把她當成妹妹看待。

「別、別催我，妳等著瞧！」

「好好好。但你再十五步就走投無路了。呼啊啊啊……」

瑠璃從容地用手撐著臉頰，打了個大哈欠。待在附近長椅上的黑貓小唯也跟著打起哈欠。畢竟我們的軍師大人還只是個小孩，沒辦法太晚睡。

我瞥了圓窗外的新月一眼。看來她今晚也是在差不多的時間開始想睡。

這位正在揉眼睛的仙娘說不定比我聽說的還要更有教養。

我一邊如此心想，一邊宣告投降。

「投降，是我輸了。」

「哼哼～♪這下我就拿下七連勝了～」

看起來很睏的瑠璃抱著暖水袋離開椅子，開心地和黑貓一起躺到床鋪上，眼神迷茫地蓋起我的被子。

正在收拾棋盤跟棋子的我見狀提醒這位年紀比我小的姑娘。

「喂，妳要睡就回自己房間睡啊～不然白玲會生氣喔～我還不想這麼早死。」

「嗯……要死……就去死啊…………」

她說完這句口齒不清的惡言之後，也立刻發出明顯入睡的呼吸聲。也太快睡著了吧！

瑠璃不只是孤兒……也失去了她的故鄉——仙鄉「狐尾」。

這樣的她能夠安心入睡是好事，嗯。

我安靜靠近瑠璃身旁，對小唯說了聲借過，把牠移到椅子上。

隨後對著走廊說：

「朝霞。」「遵命。」

白玲的隨侍女官走進房內。

她以熟練的身手抱起床鋪上的瑠璃，離開我的寢室。

「抱歉，每晚都要麻煩妳。」

「這本來就是白玲大小姐的命令，您無須在意——……她真的好輕啊。」

朝霞以慈愛目光看著比相同年紀的人更加纖瘦的金髮姑娘。

瑠璃的睡臉美得好比傳說中的仙女，但醒著的時候倒是很愛捉弄人呢……

「她最近吃得比以前多了。記得讓她多吃點。」

「好的♪」

我在走廊上目送朝霞抱著瑠璃離去時——忽然感覺背後有股寒意！

一回過頭，就看見穿著淡粉紅色睡袍的白玲一臉不高興地站在我面前。

「……我來了。」

「呃，好。」

我的青梅竹馬像以往一樣打過招呼之後，便早一步走進我的房間。

我們從小就習慣在入睡前先聊上一會兒。

「…………」白玲看了桌上的棋盤一眼後，便默默脫下外衣，直接走去躺上床。她銀色的長髮就這麼披散在床鋪上。

「……你今晚也有跟瑠璃姑娘下棋啊。而且房裡就你們兩個人……」
她隨即抱著我的枕頭抱怨。很明顯不太開心。
白玲很難得有明鈴跟瑠璃這樣年齡相仿的朋友，在共度一整個冬天過後，也變得更加要好。
三人如今就像是姊妹。
不過……說到入睡前聊天的習慣，似乎又是另一回事。白玲很想獨占這段時間。
我把棋盤和棋子收回抽屜，反駁：
「房裡不只我跟瑠璃。小唯也在。」
「我不是想聽你講這種藉口！」
白玲迅速起身，用力拍打床鋪。
以前曾被她這種舉動嚇著的黑貓早已習以為常，仍在被子上縮成一團。
我的青梅竹馬氣得大口喘氣，怒髮衝冠。
「你們白天明明成天爭執不休，為～什麼到了晚上又能相安無事地下棋？太奇怪了！莫名其妙！」
「這、這我也不知道怎麼回答妳啊。」
「唔……」
白玲不滿地大大鼓起臉頰，把頭撇向一旁，並在床鋪上重新坐正。

隨後——

「——嗯。」

「嗯？」

她輕拍自己的身旁。呃，這……

我不知該如何是好地抓了抓臉頰，使得白玲用明顯在鬧彆扭的眼神瞪我，再一次出聲催促。

「嗯——！」

「好啦、好啦，妳、妳別生氣嘛。」

我不敵張家這位小公主的任性，坐到她身旁。

她立刻把頭靠在我的腿上。

「……隻影真是太過分了。白天放任明鈴抱住你，晚上又拐騙稚氣的瑠璃姑娘陪你下棋。有什麼想辯解的嗎？」

雖然春天已近，入夜過後仍然有寒意。尤其現在沒有暖水袋，離火盆也很遠。

我把被子披上白玲的肩膀，再次嘗試反駁。

「……這兩件事都是冤枉的。」「但我判你有罪。我說了算。」

「太、太過分了。」「我才不過分，過分的是你。」

她平時也常常像這樣對我抱怨，但今晚嘴巴特別毒。

我用手梳理她亂掉的銀髮，小聲說：

「先不說明鈴，瑠璃她啊——」

「……怎麼樣？」

白玲坐起上半身，將被子蓋到我身上。「……你要是感冒了，會給我添麻煩。」她小聲又迅速地說完這句話，便藉著眼神催促我繼續說下去。

「呃——我猜她應該還不懂得跟人談情說愛。畢竟和她下棋的時候，簡直就跟個小孩子沒兩樣。甚至會覺得以她這個年紀來說，稍嫌幼稚了一點。我看她只覺得我是個與她年紀相仿的臭小鬼吧？」

瑠璃的確是個值得我們全盤信賴的出色軍師。

不過……總覺得早睡早起、不服輸又怕生的她，才是真正的她。瑠璃每晚都在我房間待到睏了才離開，應該也只是單純怕寂寞。

「……這……你說的或許沒錯……明鈴也這麼說過……」

白玲似乎也覺得不無道理，回答得支支吾吾的。

我隨即出言調侃。

「啊！妳果然也這麼覺得吧？很好，這下妳也一樣有罪了！」

「什麼！隻、隻影，你太卑鄙了！」

「哈哈哈！講得贏妳最重要啦——！」

「……唔～」

白玲噘起嘴唇，不斷輕捶我的手臂。

——風吹動了窗框，小唯輕輕甩動耳朵。

銀髮姑娘將身子倚靠在我身上，讓我們肩並著肩。

我在一陣不會令人不快的沉默之後，對白玲誠心道歉。

「……我很抱歉要讓春燕離開妳。妳很中意那傢伙吧？」

「你不也很中意空燕嗎？還曾稱讚他很機靈。」

「是啊。」

那對來自異國的雙胞胎第一次上陣就是上次那場命懸一線的死戰，但他們仍然活了下來。這次會派他們去臨京，完全是出於我的任性。

年輕的他們在戰場上展現了異於常人的天分……卻也更容易因此喪命。

因為大多人會過於自負。有不少文獻曾提及這件無情的事實。

想必這一千年來都是如此。

只要那對雙胞胎能夠繼續活下去，總有一天會帶給張家極大的益處。讓他們戰死太可惜了。

……這或許是我在被張家收養以後，第一次在與白玲無關的事情上貫徹己見。雖然春燕原本是白玲的隨從，也不是完全無關。

我凝視在長椅上縮成一團睡覺的黑貓，小聲說道：

「其實我本來也希望妳跟明鈴一起過去……唔！白、白玲姑娘……？」

白玲用犬齒咬我的脖子，瞪了我一眼。

她臉上浮現淡淡紅暈。

「……你要是敢說完這句話，小心我咬你。」

「妳已經咬了啊！唉，堂堂張家大小姐這樣很難看耶！」

「沒關係，我只會咬你。我咬！」

「這不成理由吧！唔喔！」

我打算制止仍然想要咬我的白玲時——卻反而被她壓倒在床鋪上。

那張對我來說比任何人都要更熟悉的臉，就近在眼前。

她帶著濕潤雙眸，用手指輕拂我的臉頰。

「我永遠都會陪伴在你身邊。會依賴你，也會讓你依賴我……即使——」

看來……這傢伙也察覺到了。

下一場仗會比和「赤狼」、「灰狼」對峙，甚至比和那個可怕的黑衣將軍——也就是殺死瑠璃父母與同鄉的仇人，並在我們撤退時擊潰徐飛鷹與他麾下倖存徐家軍的「黑刃」義先對峙時，還要艱困許多。

銀髮姑娘對我露出這世上最美的微笑。

「——我們身處必須懷著必死決心的戰場上。」

「……白玲。」

我對救了我這個戰場孤兒一命的救命恩人伸出手。

白玲隨即躺在我身上。

這讓擺在床旁的「黑星」與「白星」發出碰撞聲響。

銀髮姑娘牽起我的手，放在自己胸前心臟的位置，並閉上雙眼。

「我不會事到如今才允許你只犧牲自己一個人……絕對不會。」

她這段細語並沒有打破房內的寂靜。然而——話中暗藏的決心卻是大得可怕。

我在短暫猶豫過後，摟住白玲的肩膀。

她纖瘦的身軀微微顫抖了一下。

我輕撫她的背，呼喚她的乳名。

「唉……雪姬真的很任性啊。」

「……別讓我強調這麼多次。我只會對你任性。」

「假如是我對妳耍任性呢？」

「我當然不會理你。」

「太過分了！張白玲大小姐，太過分了！比王明鈴還要惡毒！」

「請你別在這種時候提到她。咬你喔？」

「就、就叫妳別咬我了！」

「「──呵呵呵。」」

我們相視而笑。在不知不覺間默默坐到旁邊的小唯也叫了一聲。

沒關係。只要我們共同作戰，我就不會讓她命喪戰場。

畢竟我們擁有千年來已留下不少傳說的「雙星天劍」，絕對不能在戰場上倒下。

我們掌心貼著掌心，對彼此點點頭。

「那麼，妳可要說到做到喔。」

「好，沒問題。」

＊

「叩見偉大的『天狼』之子——阿岱皇上！屬下能親眼見上您一面，實屬光榮。我國文武百官已受命前來！還請皇上下令！」

玄帝國首府，「燕京」。

老元帥那道宛如身在戰場的渾厚獅吼，響徹了位於皇宮中央的大廳堂。堂內充斥著眾人的緊張與激昂。這種感覺並不壞。

坐在皇位上的我——玄帝國皇帝阿岱韃靼高舉左手下令：

「我樂見各位齊聚一堂。免禮，你們坐吧。」

「是！」

諸位將軍與文官整齊劃一地抬起頭，坐上替他們準備的座椅。

在場的有我國引以為傲的「四狼將」其中二人，也就是在北方奪下不少戰功的「金狼」與「銀狼」兄弟。

因策略改動而受到召喚的玄國最強勇士「黑刃」——「黑狼」義先。

以及多如繁星的英勇強將與智將。

除了在西北方殲滅蠻族的「白狼」與掌管「西冬」的軍師赫杵以外，我國所有將領全聚集在此地。

想必即使是前世的我——煌帝國「大丞相」王英風，也會不禁為這般龐大陣仗感到震懾。而這些將領之中，當然沒有任何人能夠勝過我那位擁有天劍的好友——煌帝國「大將軍」皇英峰。

我把其中一邊的手肘放在扶手上，若無其事說道：

「我召集各位前來，當然——是要商討南征一事。」

一陣來自眾人的鼓譟，蓋過了火爐的劈啪聲響。

不用說，眾文武官員對此是喜聞樂見。我麾下不會有任何人反對我國統一天下。

我用右手從隨從手中接過酒杯。

杯裡裝著在全年可見盛開大桃樹的「老桃」釀造的酒。

「近日寒氣漸緩，覆蓋大運河的冰雪逐漸消融，想必再過不久便能乘船，暢行無阻。榮國的英勇武將與兵卒已在西冬回歸塵土，如今僅剩固守敬陽的張泰嵐能夠阻撓我等玄國大軍。」

想起七年前——我因為先帝於戰場駕崩登基時，見到的那位直衝我國大本營的黑鬚武將。我們必須了結這段恩怨。我一口喝乾杯中物。

接著站起身，俯視百官。

我撥動長長白髮，舉起宛如柔弱女子的纖細手臂。

「我已厭倦與他針鋒相對。做好決戰的覺悟吧。」

「喔喔喔喔喔喔喔喔喔喔！！！！！！！！！！！！！！！！！」

眾人高舉拳頭，大聲吆喝。

看來士氣相當高昂！

「將領和兵卒總是偏好速戰速決。所謂兵寧拙於機智，貴在神速。」

……皇英峰，你的想法果然永遠都是對的。

我思念起前世好友時，最前排那位相當強壯，且身穿灰銀色軍袍的矮小男子──「銀狼」沃岧茲索，以拳頭抵著地面說道：

「皇上！請您務必讓臣擔任先鋒！我定會用這把長斧替阮古頤與叟祿報仇雪恨！」

「『銀狼』閣下不久前才在北方立下大功。請皇上也賜予我這把蛇矛一次立功的良機……」

身材高瘦，面相如狐，軍袍上金色遍布的將軍「金狼」輩堤茲索，也如此開口。

對此，沃岧反駁道：

「哥！那不是我的功勞，反倒該歸功於哥的計策奏效。但你總是把功勞算在我身上……」

「是因為你武力高強，才能拿下那場勝利。我當時沒有任何貢獻。」

「可是啊──」

「吾弟，哥總是希望你能飛黃騰達。很期盼你早日爬上比我更高的位子。」

玄國名家──茲索家那對長相差異甚大的兄弟，開始相互讓功。

兄讓予弟，弟讓予兄。
在大草原與馬共存的玄國人最重視的，就是與親人之間的血緣。
雖然單純，卻也……有些羨慕。我用眼神向老元帥示意。
「咳咳——兩位將軍，在皇上面前不得無禮。」
「「……臣失禮了！」」
自上上一任皇帝在位時便從軍至今，已訓練出無數將領的老將軍一言九鼎，使得兩匹「狼」立刻挺直了背脊。
令北方蠻族夜夜難眠的茲索兄弟難得的失態讓眾人忍不住竊笑，連耿直的義先都不禁側目。
我揮動自己偏小的左手。
「無妨。兄弟和樂融融是好事。」
沒錯。
唉……皇英峰。皇英峰啊——
我知道逝世時了無遺憾的曉明不在現世……但你若與我同在，我就不必坐上皇帝這麼麻煩的位子，也能專注於內政了。你這無情的傢伙。
暗自抱怨完——便拔出腰上的短劍。
「我命『金狼』與『銀狼』擔任先鋒！」

「「**遵命！**」」

露出犬齒的茲索兄弟敲響拳頭，接下命令。

即使是張泰嵐，也不可能有能耐同時對付「四狼將」其中兩人。

但我當然不會讓他們與張泰嵐正面交鋒。與強者交手，只會徒增我方死傷。

我揮動短劍，對原本要與西冬軍一同進攻敬陽西方的那位有著一頭黑髮，左臉上可見一道深深傷疤的勇士下令。

「『黑狼』與新組成的『黑槍騎兵』負責殿後——義先，辛苦你了。不久前才千里迢迢從西冬返國，我命你先行休養，靜待出征。」

「……遵命。」

玄國最強勇士內心或許稍有疑惑，但他並沒有將心思顯露在臉上，而是垂首受命。

我需要他殺死或活捉張家那對膽敢取走「天劍」的兒女。

「我會在全軍會合後進入大河的『三星城』，命令我軍與軍師赫杵率領的十萬西冬軍——」

我將短劍收入鞘中，向文武百官宣布這一次出征的目的。

「一同進攻敬陽。攻破敬陽之時，我國一統天下之日亦不遠矣。」

「萬事交由我等！！！！！！！！！！！！！！！！！！！！！！」

所有人齊聲吆喝，撼動整座廳堂。

這種感覺果然不壞。或許可以說是「覺得充實」。

……但還不夠充實。我的內心尚未澈底滿足。

我就是治不好自己總會忍不住希望皇英峰與我同在的老毛病。這毛病實在很難根治。

這時，沃峇舉起手，讓喧鬧的室內瞬間鴉雀無聲。

「皇上，您為何不讓軍師大人率領騎兵呢？」

敬陽西方是一大片平原，也是占我軍半數以上的騎兵能夠發揮實力的地形。他會有這樣的疑問並不奇怪。

我命令隨從將一份卷軸遞給沃峇。那是密探依據現今的敬陽所畫的地圖。

敬陽西方存在無數壁壘，以及彷彿長長大蛇的複雜壕溝。

「這是……」

「他們似乎在敬陽西方築起了用來阻撓我國騎兵的防禦手段。若堅持率騎兵進攻，必會增加無謂犧牲。這場仗十拿九穩，我可不會蠢到讓眾多兵卒在勝仗當中無謂送死。」

「喔喔……謝皇上如此為我等設身處地………」

身材矮小的沃峇渾身顫抖，臉上落下大粒淚珠。以大草原為家的玄國人個性就是如此純樸。

他們表裡如一，不會暗自懷疑是否另有企圖。

沃嵜那位據說生於燕京的哥哥——輩堤，以稍感過意不去的神情開口：

「皇上，臣能否冒昧請教一個問題……？」

「無妨。你說吧。」

「謝皇上。」

「金狼」指向在場文武百官的末座。

——一名年約三十，長相平凡的男子。

「敢問末座那位『榮人』武將是何許人也？臣記得……七年前南征時，曾經在戰場上看過那張臉。」

「…………」

男子並沒有回答。

他來自早已滅國的北榮，在玄帝國內的地位並不高。其他官員們看著他的視線也格外冰冷。

我自登基過後，便一直大力推行人才不分民族與貴賤……

看來還得走上很長一段路。

絲毫沒有表露自己冷淡的思考，我稱贊輩堤。

「『金狼』，你的記性真是了得！他正是投降我國的榮國將軍之一，魏平安。」

「謝皇上讚賞。」

輩堤深深低下頭，沒有繼續出言深究。

他是我國數一數二的智將，想必已經聽出我這番話的意圖何在。

「我們去年不僅拿下『西冬』，甚至在『蘭陽』擊潰那些膽敢攻打我等盟國的榮國賊寇。」

這使得我們得以從兩個方向同時進攻敬陽。

就大局來看——我們早已勝利。

即使張泰嵐與他那對兒女再怎麼拚死掙扎，「榮國」終究會屈服於我們玄國的威脅。

雖然老宰相楊文祥有些棘手，臨京宮中還有我們派去的「老鼠」。

——不過，我仍然不會輕敵。

「然而，我們也失去了『赤狼』阮古頤與『灰狼』叟祿博忒兩位將軍，著實令人痛心。」

我想起那兩匹無比忠誠，且原本也能夠現身於此的「狼」。

現在幸虧有義先與「白狼」，「四狼將」再次變回四人……但只有愚蠢的指揮官，才會痛失如此良將。

皇英峰從來沒有讓麾下將領戰死沙場。

我向文武百官大聲宣告：

「因此，我們這次南征必須謹慎行事。魏平安也會參與此次出征。他過去在東北方邊郊立下無數戰功，你們可要好好關照他。」

「……遵命。」

玄國的幾匹「狼」低下頭，語氣聽來是心不甘情不願。

或許還得花上不少時間，才能抹除他們的偏見。

我刻意露出笑容。

「那麼，我們今晚就盡情舉杯暢飲吧。」

我留在深夜的廳堂，於一片寂靜中獨自飲酒。

宴會早已結束許久，除了我以外，僅剩擔任護衛的義先仍待在一旁。

……明天老元帥或許會對此提出諫言。

我輕觸插在簡樸花瓶裡的「老桃」之花時，發現柱子後頭稍有動靜。

「義先，別動手。是我的訪客。」

「…………」

我制止準備出手的黑衣勇士，喝光杯中酒。

一名身材矮小，臉上戴著狐狸面具的人隨即現身。

他是密探組織「千狐」的一員。記得名字是叫做「蓮」吧。
他不做任何問候，而是直接提及要事。
「田祖已按照你的計策——對可憐的徐家長子下了『毒』。他很快就會成為我們的棋子。」
「這樣啊。」
我簡短回答。徐家長子竟是如此可悲與愚蠢。
榮國的老宰相楊文祥……看來你已注定難逃一劫。太可惜了。
蓮看了義先一眼，問道：
「你為何沒有召喚赫杵回來首府？雖然敬陽加強了防守，但也用不著讓『黑刃』離開吧？」
「這樣他才會更加上進。無法拋下私情的軍師就是要稍受冷遇，才會懂得磨練自身。」
我想起那位曾經隸屬「千狐」，且自稱精通「王英風」軍略，卻仍不夠成熟的軍師。
那個懷著有趣稚氣的年輕人相當自傲，也多少有些良知。他想必會對「灰狼」叟祿博忒之死感到自責。
他若想立功贖罪，只需要絞盡腦汁獻計就好。即使計策未能奏效……也會是十足的助攻。
我攤開卷軸，俯視上頭的地圖。
築於大河沿岸的「白鳳城」有如保護敬陽不受侵擾的城牆。
「那件事情——『高人』應該沒有錯估吧？」

「她相當有把握，還說希望戰後能得到一些賞賜。但即使失準，你也必定能夠打下勝仗。」

既然那個暗中操弄西冬，且醉心於仙術的「紫髮」妖女都說到這個分上了，或許是真的值得信任。

蓮迅速走來我身旁，以彷彿歌唱的口吻在我耳邊細語。

「足以蹂躪敵軍的大軍、從北方與西方同時進攻，再加上——」

地圖上的大河下游在不知不覺間被劃了一刀。

狐狸面具底下的「藍眼」顯得相當冰冷。

「能夠把麻煩的張泰嵐誘離敬陽，榮軍更是毫無勝算。即使他們擁有『雙星天劍』，也無法挽回劣勢——我不會祝你武運昌隆。因為沒有必要。」

密探走到柱子後頭，在轉瞬間消失得無影無蹤。

那群密探說來奇怪，竟然想利用我統一天下……但他們就如同那位「高人」，都是能夠善加利用的棋子。

我仰望昏暗的天花板。

「若不必用上可憐的徐家長子，當然是再好不過。畢竟我也是有些同情他的遭遇……不過，撇除這件事——」

皇英峰會怎麼看待我的計策……？

他會覺得我冷酷無情，還是贊同我的做法？

無法得到答案的我用手摀住眼睛——暗自下定決心。

風吹得爐火不斷擺盪。

「張泰嵐——以及持有『天劍』的張家兒女，我們就在這一仗斬斷彼此的孽緣吧。」

第二章

「喔喔……一陣子沒來看，蓋得真快啊。」

眼前這幅光景令我不禁發出讚嘆。

明鈴等人出發前往「臨京」的半個月後——

「隻影，我要趁他們再次進攻之前加強訓練我們的士兵。你也來幫忙。」

我因為得幫忙老爹，導致一直到今天才終於能來全權交給白玲跟瑠璃監督的「敬陽」西方察看……

「現在蓋了好幾層壁壘，還有無數壕溝，與用來偵察周遭的瞭望台。一切都按照瑠璃策劃好的進行，太好了！」

我在瞭望台上稱讚不在場的軍師。

周遭的士兵們不知為何暗自竊笑，於是我刻意聳肩，以言外之意表達：「有什麼好笑的？」

眾人隨即忍不住大笑，使得專心架設陣地與協助建築的居民們都抬頭看向我們這裡。

我正準備朝他們揮手時，一旁忽然傳來一聲很刻意的輕咳聲。

「——咳。隻影，你不要這樣大聲嚷嚷。大家都在看喔？」

這半個月以來只有在睡前小聊時分享彼此得到的消息，白天一直沒機會和我同行的白玲閉起她的藍眼，要我安分點。

她身穿白底軍袍，腰上掛著「白星」。

那頭用紅色髮繩束起的銀髮在柔和的春日暖陽之下閃閃發光。

「我是真心想讚嘆啊。抱歉，打擾到你們了。」

「不會！」

我向瞭望台上的士兵打聲招呼，順著梯子爬下去。白玲也藉著旁邊的梯子跟著我下來。

我在途中停下來環望四周。太壯觀了。

「隻影，這樣很危險！」

「……喔喔。」

我在白玲這聲斥責後，繼續往下。實在不敢忤逆張家這位可怕的小公主。

不過……

後方是敬陽的城牆，前方則是壁壘與宛如一條蛇的壕溝，以及大平原。

雖然視野非常良好，但瞭望台或許會最先受到敵人的投石器攻擊。

成為「玄國」屬國的「西冬」擁有相當先進的技術。

他們的大型投石器在過去的敬陽攻防戰和蘭陽之戰造成我方不少死傷。

壁壘跟壕溝的確能夠阻撓騎兵和重裝步兵，但我們還是得實際交戰，才能知道可以擋下多少石彈與金屬彈。

想著想著，我也順利回到地面。似乎在途中超過了白玲。

我靠近另一個梯子，對快要抵達地面的她伸出手。

「妳下得來嗎～？」

「當然可以……不要把我當小孩——啊！」

銀髮姑娘嘴上雖然埋怨，還是牽住我的手——但仍在梯子上的她不小心踩空，就這麼撲在我身上，安全踩上地面。

士兵和居民們大聲鼓譟，接連吹起口哨和指哨。

「少、少爺！」「您終於下定決心了嗎？」「大家冷靜！冷靜！」「別忘了軍師大人曾經說過，這種事情對他們來說稀鬆平常喔。」「說得也是！」……真受不了這些傢伙。晚點也得好好訓瑠璃幾句。

「——……唔唔……」

在我懷裡的白玲臉頰跟脖子都變得像蘋果一樣紅，並縮起身子。

我先是輕撫她的背，才放開手。

「……隻影這個傻瓜……」

低著頭的白玲只用雙眼仰望著我，不悅地噘起嘴唇……呃，我還能怎麼辦？

我抓了抓臉頰，認真闡述感想。

「大多兵法書都會提到『壁壘壕溝可阻騎兵』，但規模大成這樣真的很壯觀。或許也是瑠璃的執著使然吧。」

白玲先整理好自己的衣服，再伸手打理我的軍袍。

那雙藍眼顯露出智慧。

「這些壁壘深溝似乎也能阻礙投石器。瑠璃姑娘已經透過從戰場上帶回來的投石器試射，以及在蘭陽的實際應用，計算出正確的射程了。所以瞭望塔其實是蓋在敵方必須把投石器架設在前排壁壘附近，才能打中的位置。」

「喔，原來如此。畢竟這一帶現在到處都是壁壘跟壕溝，要架設投石器本來就不容易呢。光是要填平地面就得耗費不少工夫……不對，是我們太傻，才會沒發現這件事啊。」

「我承認瑠璃姑娘的確很聰明，但傻的只有你，不是我們。」

「什麼！妳這樣太卑鄙了！」

我們在對話中逐漸找回原本的狀態。

由於平常瑠璃總是會先入睡，所以睡前和白玲聊天時，房內通常只有我們兩人。

或許是整整半個月沒在白天見面，才會莫名緊張？

我雙手環在後腦勺，並一邊在陣地裡前行，一邊詢問身旁的姑娘：

「瑠璃有說要怎麼處理『白銀城』嗎？」

「她好像勸爹放棄白銀城了。說雖然要放棄那座城寨很可惜，可是張家已經不容再失去一兵一卒。所以之後會再加派騎兵斥候來彌補。」

「還真不留情啊。不過，我也贊成這麼做。」

用西方平原那座廢城寨改建的白銀城在「赤狼」打過來時是發揮了它的效用，但戰後卻幾乎與被棄置無異。

敵方是萬人以上的大軍，少少數百名士兵根本連要拖住他們的腳步都是天方夜譚，自然也沒必要再多加改建。不如把兵力全數集中在敬陽是非常合理的做法。

不久，我們來到正在建造壁壘與壕溝的工地。

大家因為挖土而沾滿泥巴的手上都拿著那個奇妙的工具——鏟子。

「啊，少爺！」「白玲大人！您今天還是一樣美啊！」「兩位怎麼會來這裡呢？」「我們在這裡就只是一直挖土來蓋土堆而已。」「這個工具真的好方便！」

士兵和居民們一看見我們，就接連和我們打招呼。

看來士氣相當高昂！

士氣會如此高昂，或許也是因為「張護國」這次是鎮守敬陽，不同於以往。

我毫不猶豫地走入工地。

「因為我們的軍師大人跟大小姐一直吵著要我來露個臉啊。你們別說那麼多了，快努力挖！努力堆！把壁壘蓋高點，壕溝挖深點——讓北方那些馬人吃點苦頭。好～！反正來都來了，我就來示範給你們看吧。借一下你們用的那個工具。」

整個工地頓時歡聲雷動。

我並不是什麼高官或英雄，但指揮官親自在工地揮灑汗水，也有其意義在。

即使只是裝出來的也一樣。

或許可以說是促進大家團結？

能夠讓士兵們團結一心的將軍，就是個好將軍。以前曉明就很擅長用這種方法鼓舞士氣。

人的本性不會只過了短短一千年，就變得截然不同。

我拿起倚放在一旁的鏟子，挖起土來。

「哦～這東西比鋤頭還好用，嘿！」

看來又要拜託明鈴多帶一些東西過來了。它很值得當成榮國軍隊的必備工具。

我將劍型的尖端插進地面，回過頭說：

「白玲，我留在這裡幫忙，妳繼續巡視——」

「這個借我用一會兒。」

銀髮的青梅竹馬拿起鏟子，來到我身旁。

接著若無其事地說：

「……我也來幫忙。」

「呃，可是——」

鏟子輕而易舉地鏟斷裸露在土壤外的石頭。哇，它還真銳利。

白玲面露非常美麗的微笑。

「我、也、來、幫、忙。可以吧？」

「啊，呃……好、好啦。」

我點頭附和。

……她在生什麼氣？

「少爺好弱啊～」「白玲大人也滿辛苦的呢……」「謝謝兩位大人幫忙。」「挖習慣之後其實還滿有趣的喔。」「要趕快告訴大家，隻影大人跟白玲大人攜手來幫忙了才行！」

「你們幾個……？」

我瞪了周遭的士兵們一眼後，他們便一溜煙地跑回去做自己的工作。

我抓亂自己的黑髮，對動作生疏的白玲抱怨：

「……真受不了妳，我看全天下也只有妳這個豪門千金會和士兵們一起堆壁壘、挖壕溝了。我是張家的養子，倒還不會顯得奇怪。」

「…………」

銀髮姑娘將鏟子大力插進堆到一半的壁壘，轉頭面向我。

感覺不太妙！

我戰戰兢兢地詢問：

「白、白玲大人，妳、妳怎麼……噫！」

忍不住發出怯懦的驚呼。

因為白玲用足以讓我臉頰感受到強風的力道伸出左手，將我趕往壁壘。

貌美姑娘的表情明顯在鬧彆扭。

「……你也……」

「呃……嗯？」

我慌得渾身僵硬，等待她繼續說下去。

我發現士兵和居民們正笑嘻嘻地看著我們。可惡！

但白玲並沒有發現，而是直逼我的面前。

「你也是『張家』人吧？為什麼要否認？難不成……你不想冠上『張』姓嗎？要是玩笑開過頭，我脾氣再怎麼溫和也是會動怒的。」

「溫和？妳從來沒對我溫和過——」

這次換右邊臉頰感受到一陣風吹過。她的拳頭狠狠打在壁壘上。

張白玲放下雙手，露出彷彿盛開花朵的燦爛笑容。

「你剛剛說什麼？」

「哈哈、哈哈哈哈。我、我開玩笑的，開玩笑的。啊，妳要喝水嗎？」

「…………」

我面部抽搐地從懷裡拿出竹筒，而她很快就搶過竹筒。

……覺得我這樣很沒出息嗎？

凡事總是先保命最重要，不想辦法討好她，她今晚大概會說什麼都不肯離開我的寢室。

而且我本來就是張家的養子，又沒說錯——然而，附近每個人的眼神卻顯然在說：

「是少爺不好！」

……看來這裡沒有人願意站在我這邊。真命苦啊。

我無力地低頭看向鏟子。

鏟子比以往用過的每一種工具都要更適合建築陣地。

「我們得拿到更多鏟子才行啊～」
「瑠璃姑娘也這麼說，可是……」
「應該來不及吧。」
我從喝完水的白玲手中接過竹筒。
現在立刻託明鈴帶來，一樣無法趕在玄國進攻前送到。
即使是王明鈴那樣的才女，也不可能澈底克服臨京與敬陽之間的這段距離。當然了，連外輪船也辦不到。
其實也希望可以多運些火槍和我用的那種強弓過來……算了，抱怨一樣的事情也無濟於事。
等不久後的那場「決戰」結束後，再來想這些事情吧。
「隻影，我們現在——」「……嗯！」
白玲似乎也和我有一樣想法。啊，她臉上沾到土了。
等等得幫她擦掉才行——
「隻影大人！白玲大人！原來兩位在這裡啊！」
年輕將領充滿精神的呼喚，打斷了我的思考。
禮嚴老大爺那位活過多次激戰，現已是名出色將領的親戚——庭破，正快步朝著我們走來。
他身上的甲冑滿是傷痕。我將鏟子交給他，同時下令。

「我知道，是瑠璃要叫我們過去吧？這裡就交給你了。」

「遵命！請儘管放心！……兩位或許還是早點動身比較好。」

看來我們的仙娘大人等得不耐煩了。

不對……她應該只是不想獨自面對率領眾人來觀摩火槍的禮嚴。

我轉頭面向白玲。

「我們走吧。畢竟也不能讓老大爺跟軍師姑娘等太久。但在走之前——」

「隻影？」

我不理會面露疑惑的白玲，直接拿出竹製水壺沾濕手上的布。

接著拿布擦拭白玲沾上泥土的臉頰。

「呀！隻、隻影……？」

她圓滾滾的藍色雙眼自幼就比任何玉石還要美麗。

「銀髮藍眼的女人會招致災禍」。

這是從千年前流傳至今的古老迷信，不過她從來沒為我帶來任何災禍。

我順道擦拭她的手，輕拍她的背。

「妳這麼漂亮的臉蛋沾到泥土不擦，不是太可惜了嗎？好了，我們走吧。」

「…………唔～」

我率先離開剛挖好的壕溝，踏步前行。

瑠璃在敬陽北方的荒野。

不知道老大爺他們會怎麼看火槍這種新武器——白玲忽然把沾水的布貼到我臉頰上。

「唔！白、白玲？」

那位銀髮藍眼的姑娘走到我前面，若無其事地用布擦拭我的臉。

不過，她的雙頰微微泛紅。

「我只是幫你擦掉臉上的髒汙而已。有什麼問題嗎？」

「……呃，沒、沒有。」

她堅不可摧的堅持，使我不得不選擇全面投降。於是只好任她擺布。

一旁開心地觀察著我們的士兵與居民全停下手邊工作，臉上盡是笑意。

「白玲大人很疼少爺呢♪」

……人的眼神果然比嘴巴還誠實。你們這些傢伙！

我在白玲擦完我的臉頰，換擦著我的雙手時大喊：

「你們看夠了吧！快點走開！走開！！！！！」

所有人立刻一溜煙地逃走，返回自己的工作崗位。

明明大家對老爹、白玲、禮嚴跟庭破是尊敬當中帶著些許敬畏……卻只有我老是受到調侃。

不對，瑠璃搞不好跟我差不多。

「真受不了他們。妳不覺得他們要調侃就該調侃瑠璃嗎？」

「大家也很敬畏瑠璃姑娘。我去牽馬，你可要早點過來喔。」

「什、什麼？」

白玲說出的殘酷事實令我錯愕不已。

不、不會吧……那個小不點軍師竟然會受到大家敬畏？怎麼可能！

銀髮姑娘高興離去，她紅色的髮繩與銀髮也隨著步伐擺盪。庭破在我正瞪著她的背影時說：

「大家都很信任張將軍、白玲大人、軍師大人——以及隻影大人。我也不例外。」

「老爹當然值得信任，但先不論白玲跟瑠璃……你這個人真奇特，竟然會信任我。」

我故作冷淡地回應，環望整座工地。大家認真的神情當中充滿了笑意。

——敵人軍勢浩大，我方兵力卻是望塵莫及。

我們甚至不會有任何援軍，只能孤軍奮戰。

然而敬陽人即使身處如此絕境，也沒有輕言放棄。

那麼，我也要盡全力對抗這股絕望！

於是低聲詢問青年武將。

「庭破——從西冬撤回來的士兵已經在待命了吧？」

「加上義勇兵約三千人。所有人都會騎射。」

北方「白鳳城」有三萬精兵，老爹負責率領進行反擊的一萬預備軍。

另外的兩萬守備隊必須堅守敬陽西方。

我跟白玲一定得親自率領一支部隊，藉著騎兵的速度在戰場上四處穿梭……否則毫無勝算。

據俘虜所說，「赤狼」阮古頤似乎是出於他身為將軍的堅持，才會沒有在敬陽攻防戰時派出偷襲部隊包夾白鳳城，而是全軍從西方進攻。

箇中意圖就是如此單純。儘管不知道這次敵方武將是什麼來歷，也沒有什麼因緣。

柔和春風吹過這片土地，捎來剛被翻開的土壤氣味。

我用拳頭抵著庭破的心臟。

「冬天已過，他們很快就會大舉進攻。我跟白玲來率領那三千名騎兵，會遵從瑠璃的指揮。

這場仗幾乎沒有勝算，我們所有人都可能喪命。你們得先做好最壞的打算。」

「是！我們早就做好最壞的打算了。所以您大可放心，張隻影大人。」

*

「抱歉，讓妳久等了！」「瑠璃姑娘，讓妳久等了。」

敬陽北方的荒野。這座無名山丘上架設了臨時瞭望台。

這裡能夠看見遠處那座位於大河南岸的「白鳳城」。戴著藍帽子的姑娘——也就是我們的軍師瑠璃，正拿著傳說是古代仙人打造的望遠鏡。

在場的只有全副武裝的朝霞與數名女性士兵。因為瑠璃不擅與男人共處。

平原上有數百名整齊列隊，手上拿著奇怪棍棒的士兵。老大爺他們似乎還沒來。

我和白玲一下馬，瑠璃便收起望遠鏡，出言調侃我們。

「你們來得真慢，是去幽會了嗎？我這邊已經準備好了。」

「唔！幽、幽會……才、才不是…………我、我跟隻影又不是那種關係。雖、雖然還不知道未來會怎麼樣，不過——」

剛才還那麼冷靜沉著的張白玲瞬間消失得無影無蹤。她摀著雙頰，扭動身軀。

朝霞與其他女性士兵也一如我的預料，用充滿慈愛的目光看著我跟白玲。

……服侍張家的人都太寵白玲了。

我不理會失去冷靜的白玲，對瑠璃回答：

「我們只是一起體驗怎麼打造壁壘跟壕溝罷了。我感受到我們這位出生仙鄉『狐尾』，而且鍾愛下棋的仙娘大人不會讓騎兵和投石器輕易在妳的地盤上撒野的強烈執著了。真的很壯觀。」

「只是因為現在沒有商人來往敬陽與西冬，才有辦法在郊外築城……以往絕對無法這麼做。再加上明鈴還帶了很方便的工具過來。」

「嗯，說得也是。」

敬陽原本是個交易重鎮。通往外國或其他城鎮的路就如大運河那樣重要，足以影響生計。然而，我們現在卻得親手在貿易路上築壁壘、挖壕溝。

……說來真諷刺。

「和杜，謝謝妳幫忙護衛。可以離開了。」「是！」

瑠璃用手向在一旁待命的那位有著一頭暗褐色短髮的年輕姑娘下令。

身材高大、皮膚黝黑的和杜拿起旁邊的軍旗大力揮舞，在敬禮後立刻以輕盈的身手騎上馬。

接著駕馬跑下山丘。她過去曾率領宇家軍的小部隊，反應果然相當迅速。

平原那裡的士兵也在看見暗號之後開始挪動腳步，重新整隊。

瑠璃戴上藍帽子，冷靜講述現下狀況。

「但我們只有西方有足夠完善的守備。假如敵方將領無法從西方攻進敬陽——」

「說不定會繞來北方或南方呢。隻影，我口渴了。我要水。」

「啊，好。」

恢復平靜的白玲也加入了話題。

瑠璃的輔佐官：和杜

這傢伙連拿起我遞給她的水壺來喝的模樣，都能美得像幅畫。
瑠璃把敬陽周遭的地圖放上小桌子，用手指在上頭比劃。
白玲搶走我的水壺對她來說，早已見怪不怪了。
「他們若是繞來『敬陽』北方，敵方就會從背後偷襲『白鳳城』。南方則是防守最薄弱的地方。話雖如此，我們也無法封住南方的道路……」
我們的軍師面露憂愁。
從敬陽西方繞往北方或南方的路上只有細小的大河支流。
敵方大軍若真的想繞道而行，也並非難事。
「赤狼」阮古頤深知這一點卻沒有這麼做，可說是我們運氣好。我當初在單挑時射傷他，或許是一次有意義的挑釁。
我輕拍瑠璃小小的肩膀。
「所以在敬陽指揮整個張家軍的老爹、我們，還有妳親自率領的『火槍』部隊就得阻止他們得逞。」
「……是你逼我要負責率領火槍部隊的吧？我明明就不是適合帶兵的人。而且也幾乎都交給和杜了。幸好有她當我的輔佐官。」
「妳可別太為難她嘍。」

被提拔為瑠璃隨侍輔佐官的前宇家軍女士官是眾所皆知的「雖然年輕，卻相當精明能幹」。而且——她在蘭陽也成功帶著自己率領的一小支部隊逃離那場死戰，並在撤退途中與「亡狼峽」的幾次交鋒立下戰功。

「我想報答各位的救命之恩。」

這就是她在回到敬陽後仍留在張家軍的理由……但她不只得照顧瑠璃那位麒麟兒，還得替瑠璃率領使用「火槍」這種新武器的部隊，想必是非常辛苦。之後得好好慰勞她才行。

我暗自做好決定過後，看向一旁的木箱。

裡面放著數百支最前面裝有竹筒的奇特木棍——也就是用過的火槍。

「這些是怎麼回事？」

「是今天早上的快船載來的。明鈴要我們幫她消耗存貨。」

「沒關係，我來。」瑠璃本來打算自己揮舞軍旗，卻被白玲笑著搶先拿走。

人在平原上的和杜拔出劍，對士兵們下令。

噘著嘴唇，顯得不太高興的瑠璃看向火槍部隊。

「……可以多次使用的改良型銅製火槍很充足。總共三百支。我本來打算把竹製的送去『白鳳城』，但禮嚴將軍說：『沒有足夠時間學習新時代的武器，反而會在關鍵時刻招致混亂。』」

「啊～」「有道理。」

長年鎮守最前線的歷練老將會有這樣的想法，本來就不奇怪。尤其這種新武器仍然有可能帶來意料外的情況。

火槍用來對付騎兵的確非常有效，但是……

我們正在苦惱時，忽然有道渾厚的嗓音出聲呼喚我們。

「隻影大人、白玲大人、瑠璃閣下。」

「我們才剛提到他呢。老大爺！抱歉啊。」「禮嚴！」「…………」

騎馬爬上山丘的是一名戴著頭盔，身穿甲冑，且擁有一頭白髮與白鬚的老將軍——也就是不分敵我皆一致尊稱為「鬼禮嚴」的老大爺。他還帶了一群我跟白玲都熟識的年邁老兵擔任護衛。

眾人俐落下馬，好奇地看往木箱裡面。

「這就是你們說的『火槍』啊……它還可以發出彷彿雷鳴的巨響是嗎？哎呀，人活得愈久，就愈跟不上時代了啊。」

我拿起一支火槍，將它轉了一圈。

一股刺鼻的火藥味竄入鼻中。

「這主要是用來恫嚇敵人。它的射程不及弓箭，也不容易命中。」

「但是用來對付騎兵很有用吧？也難怪少爺跟瑠璃閣下會格外注重這種武器。」

真不愧是「鬼禮嚴」。

他雖然不打算用火槍，卻也不忘過目我們的報告書。

正當我感到高興時，瑠璃與白玲忽然拉起我的袖子。

「「（快說服他！）」」

……真受不了這兩位麒麟兒。

我把火槍放回木箱，姑且嘗試說服禮嚴。

「老大爺，雖然改良過的火槍會全留給瑠璃的部隊，但我們還有很多只能用一次的竹製火槍可以送去『白鳳城』。我認為你留著它們以備不時之需，也總比沒有好。」

「少爺……您的好意，我就心領了。」

禮嚴輕撫白鬚，向我低下頭。

——他的眼神表明決不退讓。

「可是，我們已經上了年紀。既然那群馬人勢必會大舉進攻，我們當然也想盡可能避免我軍陷入混亂。」

「請您饒恕我們此次的不敬！」

老將與老兵們一同向我低頭。

他們這樣低聲下氣，我也無法再繼續強求。

「……好好好。我不會再勸你們用了。」

「謝少爺。」

禮嚴露出笑容，似乎鬆了口氣。

鎮守最前線的將軍和士兵每天都得過著一刻不得鬆懈的日子。過分要求他們就太愚蠢了。

畢竟這種新武器也不一定能夠扭轉戰局。

我向聽著我們這番話的軍師提議一種折衷做法。

「瑠璃——只能用一次的火槍全拿去給西方的義勇兵吧。他們沒有高強武藝，說不定會比較願意嘗試學習新武器。如果有人很有天分，也可以編進妳的部隊。」

「好。」

金髮的仙娘或許是察覺了我的意圖，沒有多做反駁。

看來終於是解決——

「不過，要也是編進『張隻影』跟『張白玲』率領的部隊，不是『我』。你別搞錯了！」

然而瑠璃鼓起臉頰，把臉撇向一旁。

嗯，她這副模樣簡直就是小孩子。完全不像機靈的軍師。

我和白玲一起輕拍她的藍帽子。

「好好好。」「瑠璃姑娘，妳不用擔心喔。」

「唔！你、你們這什麼好像在說：『妳用不著說出口，我們都知道。』的態度！隻影這樣就算了，怎麼連白玲都……」

「「咦～？」」

「你、你們兩個～！」

天才軍師開始氣得跳腳。

除了我跟白玲以外，連朝霞與其他女兵都以慈愛目光看著瑠璃。此時——

「哈哈哈哈！」

禮嚴忽然哈哈大笑。老兵們威風凜凜的面容也顯露笑意。

「～～唔！」

瑠璃頓時停下不斷踩地的腳，躲在我和白玲的背後。

老大爺見狀便輕敲他的輕型甲冑，笑道：

「各位竟然能夠在大軍即將來襲之際相互調侃，實在是好膽量啊！我在三位這個年紀時……早已失去這種膽量。說不定這年頭已經不該由我們這些老骨頭當家了。」

「……老大爺。」「「…………」」

禮嚴和一旁的老兵們自老爹出生之前，就在為奪回大河北方的土地——為奪回故鄉而戰。

他輕拂白鬚，凝望山丘下的火槍兵。

「不過！我們這些老頭子——也是寶刀未老！『白鳳城』不只是防守敬陽的重要據點，更是主子託付的城寨。我們知道自己死也該死在戰場上。」
「是！」
忽然——荒野上傳出彷彿雷聲大作的巨響。
是火槍同時發射的聲音。
但老大爺和老兵們並沒有因此受到驚嚇。我有些目瞪口呆地出言稱讚他們。
「……真受不了你們這些身經百戰的老兵。等我們平安度過這次進攻，你們每一個都得乖乖學火槍怎麼用。而到時候當然是由我們的軍師大人來教你們。」
「沒問題！」「……你這是什麼意思？」
瑠璃面露不悅地仰望著我。
我揮動左手，要她別生氣。
「別擔心，我知道妳怕生，我會叫白玲跟和杜陪妳一起訓練他們。好不好？」
「瑠璃姑娘，我們屆時一起努力教導他們吧！」
「唔……你、你們兩個果然是把我當小孩子——」
就在此時——大吊鐘的響亮聲響傳進我們的耳中。

「唔！」

這、這是「白鳳城」那個只有發現敵人進攻時會響起的大吊鐘……

老大爺和老兵們立刻動作俐落地上馬。

「少爺！我們得趕回城裡了！」「請原諒我們無禮！」

他們駕馬跑下山丘。

……這一刻終於來臨了。

若是正面交鋒，那麼就算敵軍人數再怎麼多，我們也不一定會敗下陣來，更何況是守城戰。

而且我們有「護國神將」張泰嵐鎮守敬陽。

「隻影！」「我們也快走吧！」

「好！」

我也在聽見兩人的呼喚之後跨上愛馬。朝霞等人與火槍部隊也正在準備離開。

我在馬上下令。

「我們得先回敬陽確認出了什麼事。瑠璃，妳有發現什麼異狀，儘快告訴我。玄國皇帝『白鬼』阿岱韃靼足智多謀，一定不會採取跟『赤狼』那次一樣的戰術。白玲妳——」

「我會在一旁監視你，避免你擅作主張，而你也得保護我不受奇襲。」

「啊，好。」「——……噗。」

白玲講得有如理所當然的這句話令我不禁愣住，瑠璃則是忍不住笑了出來。

金髮綠眼的軍師牽來馬匹，並輕拍「黑星」的劍鞘。

「不錯啊──『天劍士』大人，你可要好好保護張家大小姐喔。好了，我們走吧！」

＊

「隻影大人、白玲大人──『西冬』的騎兵攻過來了。我在蘭陽看過他們的裝扮，絕對不會錯。人數大約三千！」

敬陽西北部，大河的無名支流附近。

有著暗褐色短髮，身材高大的年輕姑娘──也就是過去待在宇家軍，現擔任瑠璃輔佐官的和杜騎著馬躲在小山丘後方，用望遠鏡偵察敵情。她一見我們前來，便精神抖擻地報告現況。

聽說她比我和白玲小一歲，容貌卻是相當成熟。身上的輕甲冑滿是傷痕，明顯看得出她身經百戰。

和杜相當照顧他人，甚至連怕生的瑠璃都會在回敬陽輔佐庭破之前，特地借她望遠鏡。

她可說是個有如罕見玉石那般寶貴的人才。

尤其現在阿岱親率二十萬玄國主力布陣於大河北岸，以重裝步兵為主的十萬西冬軍正逐漸逼近敬陽。

我揮手向和杜致謝，隨即瞇細雙眼。

——不會錯。

身穿厚重金屬甲冑的槍騎兵正在尋找能夠渡河的地點。

「這個方向也有敵人。人數、渡河地點跟時間……都如同瑠璃的預料！照這樣看來，南方說不定也會有些動靜。但南方有老爹在，應該不會有問題。」

自玄國大軍開始進攻，已過了十天。

敵軍目前仍無法闖過瑠璃在敬陽西方布下的防線，那些棘手的投石器與攻城武器也幾乎沒有派上用場。甚至有些士兵與將領因此將幫助我們迅速築起壁壘、挖好壕溝的鏟子視作一種神器。

老爹則是按照我們事先談好的結果，派禮嚴與三萬精兵駐守「白鳳城」，並與其餘三萬士兵鎮守敬陽。由於西冬軍沒有採取迂迴戰術，南北兩側並無死傷。

「除非敵方將領太過愚笨，不然他們也該轉攻敬陽北方或南方，嘗試脫離窘境了。」

我們依據金髮綠眼的軍師這個預測派兵偵察，使得敵人動向無所遁形。

老爹在接獲消息後從敵軍人數判斷是一次主攻，便親自率領一萬士兵迎擊。北方的敵人或許是先行派來勘察地形與敵情，並同時助攻南方攻勢的部隊。

在我身旁觀察敵軍的白玲以傻眼的語氣說：

「瑠璃姑娘的預測的確神準……但你怎麼有辦法看見那麼遠的敵軍？我從很久以前就很好奇你這雙眼究竟是怎麼回事。和杜他們都被你嚇著了。」

「啊？怎麼可能——」

「……我用望遠鏡也只看得到小得宛如米粒的敵軍耶？」「…………」

暗褐色短髮的姑娘與進攻西冬過後才加入張家軍的士兵們神情都略顯抽搐。

呃，這……

「看吧。」「是少爺不尋常。」「隻影大人不尋常。」「但也不是什麼稀奇古怪的事了。」

「喂！你們應該要替我說話啊！小心我哭給你們看！我說真的喔！」

白玲和加入張家軍許久的士兵們接連出言調侃我，於是我故作浮誇地假哭起來。

在場有不少人因此竊笑，連面色緊張的和杜與新兵們都露出了笑容。

——嗯，這樣應該好多了。

我以眼神向白玲示意，轉身面向整齊劃一的騎兵與拿著前端裝有銅筒的奇特棍棒——改良型火槍的士兵們。

雖然僅有大約兩千人，但他們各個都是經歷過敬陽攻防戰和蘭陽之戰的精兵。

「好，我們該準備上陣了。要是不趕快回敬陽，害那個其實很怕寂寞的軍師鬧起彆扭就不好了。負責留守的庭破也會胃痛到昏過去——所有人聽好了。」

眾人的目光瞬間集中在我身上。很好。

我笑著下令：

「我來射第一箭。火槍部隊負責第二次攻勢。和杜，射擊時機就交給妳指揮了。」

「遵命！」

暗褐色短髮的姑娘握緊手中火槍，點頭回應。

她的眼中顯露鬥志，沒有任何畏懼。這個年紀的姑娘正常來說不會有如此膽量。

……當初決定提拔和杜，讓她輔佐瑠璃的是老爹。難道老爹早就知情了嗎？

我在如此心想的同時，也不忘接著說：

「之後就一如往常，跟在我——」「跟在我們後頭進攻就好。」

白玲忽然插嘴，神情一如平時冷靜。

雙眼可見的敵軍逐漸增多，聲勢愈發浩大。我出言抗議：

「……喂。」「你剛才也說了『一如往常』。」

我以堅定眼神瞪著她——卻反而是自己先撇開視線。

我抓起自己的黑髮，嘆道：

「唉……真受不了張家的小公主。虧妳以前還那麼惹人憐，就像我的妹妹。結果現在卻只對我一個人這麼不留情。」

「那當然。還有，真要說的話，也應該說我是姊姊。」

「唔唔唔……」

我不敵白玲的模樣讓百經歷練的老兵與火槍兵們笑得更加燦爛。

——我舉起左手。

「我們不必堅持殲滅敵軍，只要能讓他們陷入混亂就夠了。我來殿後——」

「隻影跟我負責殿後。另外，也嚴禁你們過分追擊敵軍。真正的決戰還在後頭。」

「遵命！張白玲大人！」

全軍在敬禮過後各自做起戰前準備。

火槍兵也下馬準備，使得周遭瀰漫起一陣火藥味。

我一邊觀察敵軍位置，一邊向白玲抱怨。

「……妳啊……」

「殿後這件事也是『一如往常』。你下次再打算單打獨鬥，就別怪我對你發火了。」

「妳已經在發火了啊——白玲，妳可別死喔？」「沒問題，隻影。」

我們敲擊彼此的拳頭。我和白玲只要並肩作戰，就絕不可能輕易喪命。

火槍兵們布陣在山丘上最適合發射火槍的位置。我駕著黑馬前往他們身旁，將箭搭在弦上。

敵方指揮官——在隊伍的正中央。

他的甲冑十分閃亮，再加上體態肥胖，相當顯眼。

正用望遠鏡觀察敵軍的和杜發現我架起弓，疑惑問道：

「隻影大人，敵人還沒進入弓箭的射程吧……」

「和杜，差不多了。」

「啊，是！全軍就定位！」

火槍兵們在白玲冷靜的命令之下，半信半疑地架起火槍。

這種奇特的新武器射程不遠。

——不過，射程並不是重點！

我拉起手上強弓——

「唔！」

一箭射穿敵方將領的左肩。

肥胖男子的閃亮甲冑在春天暖陽之下閃閃發光，然而他直接從馬上摔進河裡。士兵們連忙想救他，導致隊伍不再整齊。

我接連射出好幾支箭，一一射穿應該是次要指揮官的幾名騎兵，讓敵軍隊伍頓時亂成一團。

暗褐色短髮的姑娘訝異得睜大了圓滾滾的雙眼。我和白玲對目瞪口呆的她大喊：

「「和杜！」」

「唔！——火槍隊，舉槍！」

三百名火槍兵整齊劃一地舉起火槍——

「發射！！！！！」

一陣彷彿雷鳴的巨響在她發號施令的同時撼動整座戰場。

「～唔！？！！！」

敵方槍騎兵由於多名指揮官忽然遭受狙擊，陷入一片混亂。也有不少人因此落馬，完全無暇行軍。

我彎起嘴角，回頭望向正在待命的我軍。我方沒有任何人落馬。

幸好有趁冬天的時候讓士兵和馬習慣火槍的巨響！

我在和杜的火槍部隊正急忙準備第二次發射時，若無其事地下令：

「好～我們走。你們也趕快跟上，別落後了！否則就等著可怕的張白玲大人的懲罰嘍！」

眾人大聲歡呼，這時，敵方騎兵似乎也看見了我們，然而神情卻是漸趨僵硬。想必他們也會害怕與笑著踏入戰場的敵軍交手。

老兵們敲響頭盔與甲冑——高舉手上的劍與長槍。

我不理會駕馬來到身邊的白玲正半眯著眼瞪向我，開口發號施令。

「開始進攻！！！！！」「喔喔喔喔喔！！！！」

我的愛馬「絕影」與白玲的愛馬「月影」隨即跑下山丘。

敵軍滿臉焦急地想駕馬逃離，卻是一一中箭落馬。

我們不著重奪走他們的命，而是以瞄準敵軍的手臂或腿為主。

我和白玲率領騎兵驅趕敵方接連落馬的先鋒隊時，發現有數十名騎兵開始聚集在淺灘上。

哦……他們在這種狀況下，仍然打算進攻啊。

「其中一隊跟我來！」「是！」

銀髮隨風飄逸的白玲帶著一批軍隊直衝淺灘上的敵人，下手毫不留情。

她搶先看出哪些敵人懷有鬥志，足以威脅我軍——老爹，您女兒以後說不定會是個不得了的大將軍啊。

我頓時開心起來，且不忘對試圖偷襲白玲他們的敵方部隊射出大量箭矢，就這麼駕著愛馬衝向敵軍。

最後——我在穿越敵軍之後才回頭，並拋下空空如也的箭筒。

「空燕，新的箭筒——……啊。」

我不小心按過去的習慣呼喚了那位早已和雙胞胎姊姊一同前往臨京的少年，隨後立刻回神拔出腰上的「黑星」，斬斷飛來的數支箭矢。

戰況對我方極為有利，但我似乎在不知不覺間單槍匹馬闖入了敵陣。

「唔！」「居然打不倒他……」「果然『一如軍師大人所料』！」「再一次！」

「真打得倒我就試試看啊！」

我在四名西冬騎兵舉起弓之前鞭策愛馬，拉近敵我雙方的距離。

接著揮劍砍斷他們如同垂死掙扎的箭矢——

「可、可惡……唔！」「什麼！嘎啊……」

並斬開年輕的兩名騎兵身上的金屬甲冑與軀體。

不曉得是不是因為較以往習慣了，總覺得「黑星」的刀刃比先前銳利許多。

其餘兩名壯年騎兵在飛濺的鮮血當中，將手伸向劍柄——

「呃啊！」「唔！」

他們一被白玲從旁射出的箭矢射穿手腕，便粗魯地駕馬撤退。

我揹起弓箭，這時，銀髮姑娘一臉氣憤地朝我大罵：

「不可以鬆懈！你要是死了，我一定狠狠罵你一頓！」

「我、我連死了都逃不過被妳罵啊……」

在白玲之後前來的老兵們臉上顯露自責，並嚴肅地圍繞在我身旁。

巨響再次響徹戰場。這次傷到了數名敵方騎兵。

第二次火槍攻擊使敵軍陣形與士氣愈發混亂——這時，敵方一名壯年騎兵忽然渾身顫抖地指著我，大聲叫喊：

「張、張隻影！！！！」「～～唔！」

敵軍澈底喪失鬥志，放棄抵抗，甚至開始逃跑。

我愣得眨了眨眼，嘆道：

「……看來我也出名了。這幾乎是前途大有可為的商人、講話惡毒的軍師，以及對我特別嚴格的大小姐害的啊……」

「你別誣賴我們。等這次回去，我一定馬上跟瑠璃姑娘商量這件事情。也會姑且寄一封信給明鈴。」

火槍朝著鳥獸散的敵軍射出第三發。這次沒有任何成果。
除非敵人隊伍非常整齊且密集，否則火槍實在很難命中目標。
白玲眼中隱約可見對自己燃起的怒火。我向她回答：
「先不說瑠璃，明鈴知道這件事，反而會很高興吧？」
「……說得也是。真傷腦筋。」
白玲雖然立刻回答我，表情和聲音卻相當僵硬。
她大概正在為自己讓我獨自身處混戰之中，沒有及時掩護我感到自責。
真拿她沒辦法。
我將「黑星」收入劍鞘，高聲下令。
「別追他們！我們按原先說好的撤回後頭。幫我轉告和杜他們。」
「遵命！」
附近的我方士兵全數離開，在場只剩下我和白玲。
從老兵們待在離我們有些距離的地方來看，似乎是刻意讓我們能夠獨處。
我牽起感覺隨時會落淚的白玲的手，將她的手指扳離劍柄。
「喂～妳別太放在心上啊。剛才不就趕得及掩護我了嗎？」
「……我才沒有放在心上……不對，我的確有……明明應該無時無刻保護好你的！我以為可以馬上追上你……可是，竟然有一瞬間沒有看好你……」

這位銀髮姑娘看來非常沮喪。

我將從她手中拿來的「白星」收入劍鞘，在她耳邊細聲說道：

「（我是信任妳，才會讓妳獨自率隊進攻。）」

「（唔！……你這種說法太狡猾了……）」

「（這是我的真心話。）」

「（……唔～）」

我的青梅竹馬如此抱怨完，便低下頭。

我向老兵們揮手道謝——忽然，想起了剛才聽見的那段話。

……敵方的「軍師」啊。

瑠璃在蘭陽之戰時，就看出敵軍應該也有軍師。

難不成那位軍師也有參與這次進攻？

……不行，得知的消息太少了。暫時先不管這個吧。

我看見和杜他們正從山丘上下來，便輕推白玲的背。

「我們回去吧。老爹現在一定正在教訓那些攻打南方的敵軍。」

＊

「……軍師大人，目前已知的消息就這些了。」

敬陽西方大平原的一座廢城寨。

我——玄帝國軍師，人稱「千算」的赫杵在帳篷內接獲來自數位西冬將領的敗戰報告。現已入夜，即使隔著一層布幕，也能看見外頭篝火的搖曳火光。

我用手上的羽毛扇遮住嘴邊，以平淡口吻陳述事實。

「原本要攻打敬陽南方的兩萬軍隊在渡河途中遭到張泰嵐率軍從旁奇襲，已潰不成軍。尋找北方渡河處的軍隊雖然戰死者不多，卻也因為一名叫做張隻影的武將，導致大多士兵負傷而歸……真是慘不忍睹呢。」

「實在是……非常抱歉。」

數名西冬武將向我謝罪，臉上盡是屈辱。我嘆了口氣。

自開戰以來，我軍就頻頻遭到幾乎是無窮無盡的壁壘與壕溝阻撓，遲遲無法攻進敬陽。

威力強大的投石器也因為距離過遠，無法打中城鎮。即使用投石器的石彈砸毀壁壘，仍然會被敵方迅速修復得完好如初。而西冬引以為傲的重裝步兵雖然能夠克服那些惱人的壁壘，卻不容易闖過壕溝。

所以西冬的將軍們才會不顧我的反對，轉為同時進攻敬陽南方與北方，卻換來如此慘烈的犧牲。他們難辭其咎。

……先不論南方，北方是以騎兵為主力，照理說應該有些勝算才對。

我將羽毛扇放到桌上說道：

「感謝各位回報戰況。我會記取這次教訓，重新擬定計策。你們先專心替傷兵療傷吧。」

「……謝軍師體諒。」

將軍們垂首道謝過後，便走出帳篷。

這下他們也不會再對我的計策多嘴了。

我低頭望向桌上那張敬陽附近一帶的地圖，用手抵著自己的額頭。

「張泰嵐和張家軍……看來他們比我聽說的更厲害啊。」

據說張家軍至多一萬人，卻能夠殲滅我方兩萬兵力。

真沒想到他們有辦法如此輕而易舉地在城外戰擊潰人數多出己方一倍的軍隊。

但是——……我不懂。

從懷裡拿出阿岱皇上前幾天派人送達我手中的祕密傳令。

「接受西冬軍之積極策略。」

皇上那頭白色長髮、與柔弱女子無異的纖瘦身軀。

以及蘊藏深不可測的智慧，彷彿能夠看透一切的雙眸。

阿岱皇上不喜歡無謂損耗兵力。這份命令一定帶有某種意圖。

我早就知道西冬的將軍們會因為敬陽加強防守而陷入苦戰，並提議採取迂迴戰術。他們也需要立下戰功，榮耀故鄉。

雖然——最終還是毀在張泰嵐與張家軍手中。我凝視桌上地圖。

「敬陽」與「臨京」可藉由大運河互相往來。

我軍的慘敗及「另一場進攻」的消息，想必會迅速傳回榮國的都城。

此時，我終於驚覺——

「——……難不成……」

「你的猜想沒有錯。」

「唔！」

一道冰冷的嗓音令我毛骨悚然。我戰戰兢兢地回過頭。

在我眼前的是一名戴著狐狸面具、披著外衣，身材並不算高的訪客。

我連忙低頭行禮。

「原、原來是……蓮大人啊！許久不見了。」

「不需要多做問候。赫杵，你們似乎打得挺辛苦的嘛？」

「……是。說來實在慚愧。」

掌控全大陸，企圖達成統一天下宿願的祕密組織「千狐」。

他們曾經扶養我長大，要求我學會「王英風」的軍略。

雖然無法得知這位「千狐」之長的親信是男是女，但聽見他提到我的名字，就會讓我忍不住心驚膽戰。可惡，他到底是怎麼進來這裡的？

蓮大人不理會我的驚慌，挪動地圖上的棋子。

「不過——西冬這場敗仗就如你的猜想，全在『白鬼』的計算之中。若是動用所有兵力進攻或許還有勝算，但只用區區兩倍兵力根本不可能戰勝張泰嵐。所以藉著南方兵力吸引敵方注意，去尋找北邊能夠渡河的位置其實不是個壞主意。只是——敵軍中可能有相當深謀遠慮的智者。」

「灰狼」叟祿博忒死於將他團團包圍，封住退路的「殺狼計」。

這樣啊……看來這次又是敵方軍師的伎倆！

蓮大人將第一顆棋子放在敬陽西方。

「我去敬陽西方看過了，要突破他們的防禦並不容易。即使是『黑刃』……不對，他現在是『黑狼』了吧？即使是玄軍最強的勇士率領麾下精銳騎兵，也一定會在這裡吃上不少苦頭。」

「……也就是說——」

我起初完全無法理解皇上為何要在進攻前夕命令義先及前「赤槍騎兵」等玄國最強精銳離開西冬。

簡直就像不希望西冬軍拿下勝利。我講出結論：

「是想利用西冬軍這場敗仗，讓偽都城的人民與『榮國』掌權者——不對，應該說是讓偽帝更堅信**『張泰嵐戰無不勝』**，對吧？」

「人一旦被逼入絕境，就會試圖尋找較不痛苦的出路。而就我所知，偽帝雖然心善，卻非智者。他親自下令攻打西冬卻換來一場慘敗，導致百姓對其怨聲載道，那麼，他自然就會想儘快尋找解方——也就是將殲滅敵軍的重責大任全交給張泰嵐。」

蓮大人以平淡口吻講述這番話時，我忽然不寒而慄。

皇上……究竟是從什麼時候開始有這種打算的？

蓮大人纖細的手指拿起第二顆棋子，靜靜放在大河下游。

「他的計策很成功——魏平安已經率軍渡過大河，打下『子柳』。據說鎮守當地的軍隊是不戰而逃。榮國宮中想必已亂成一團。田祖的任務也準備收尾了。」

「…………」

那個過去與我在學業爭得難分難捨的同輩——一聽見他的名字，就令我倍感不悅。

如今我是代管屬國的玄國軍師。他則是在榮帝國暗中攪和的密探。

明明勝負已定……他竟然還想再做無謂掙扎！

蓮大人轉身走往帳篷後門。

「阿岱也聽聞『高人』的預言了。那女人雖然可疑，預測『天氣』倒是從來沒失準過。決定『玄國』與『榮國』命運的決戰——終於來臨了。期待你的成果。」

「是！即使粉身碎骨，我也一定會完成這份重任！」

沒有聽見任何回答，只感覺到一陣吹進帳篷內的冷風。

我將疲憊不堪的身軀倚靠在椅子上，開始思考。

在蘭陽之戰就已經體會到——

那個暗中掌控西冬的紫髮妖女預測天氣的力量令人毛骨悚然——卻能帶給我們極大益處。

戰況勢必會在不久後出現大幅變化。

「『避免與強敵正面交鋒』、『集中己方兵力，各個擊破』……」

這是我所學的「王英風」軍略當中的基礎。

皇上召集了二十萬大軍，以及原本鎮守各地的「四狼將」。

並且引誘強敵張泰嵐離開敬陽，趁隙讓全軍渡過大河。

屆時即使有打倒「赤狼」與「灰狼」的張家兒女在，也無法阻止我們拿下敬陽。

「…………」

我忽然想起將軍們剛才的報告。

嘗試從北方渡河的軍隊有不少傷兵，死者卻不多。

這麼說來……據說是王英風好友的皇英峰，也不曾堅持殺死敵人。

*

「都城那些人到底……到底在想什麼啊！！！！」

白玲的叫喊響徹了敬陽張家大宅的主軍營。在椅子上睡覺的黑貓被嚇得逃往其他地方。身穿軍袍坐在椅子上的老爹和我身旁的瑠璃也是面色凝重。

我皺起眉頭，安撫氣得大口喘氣的銀髮姑娘。

「白玲，我懂妳為什麼生氣……先冷靜一下吧。」

「不，這次我真的無法保持冷靜！隻影，你應該也覺得很莫名其妙吧？居然說什麼『**敵軍已**

於大河下游成功渡河，攻陷「子柳」。命張泰嵐即刻率軍討伐』——我們敬陽也正受到敵軍攻擊耶！開什麼玩笑！我堅決反對！」

「………啊～」

我無法多說什麼。因為心裡也抱持同樣想法。

我們和老爹在七天前打退了進攻敬陽西北方與南方的西冬軍。

雖然張家軍一直占上風……但我們無從得知北方玄國大軍會在什麼時候進攻。所以即使東方出了一些「小問題」，我們也不能隨意離開敬陽。

我看向用手扶著下巴深思的瑠璃，向她求救。

金髮綠眼的姑娘微微頷首，闡述自己的想法。

「從北方和西方攻打敬陽，同時從張家軍無法防守的大河下游渡河——你們……各位應該都記得我們在戰前就預料到這種情況了。」

「妳不需要顧慮講話是否不恭敬。反正在場的都是我們自己人。」

「謝、謝謝張將軍。」

坐姿豪邁的老爹開口表明不需要拘謹，而我們隨後道謝的軍師似乎有些害羞。

白玲或許是想讓瑠璃冷靜下來，便從瑠璃身後抱住她，撥開遮到左眼的瀏海。我側眼看著兩人，向老爹提出疑問。

「您先前不是和老宰相說過——**『張家軍不會干預東方的防守』**嗎？而且他們的騎兵就算真的闖進大河下游，也無法正常行軍吧？我認為應該交給當地的軍隊應付……」

大河下游的肥沃土地有不少濕地、湖泊與沼澤。那樣的地形會讓玄國騎兵不易前行，而且他們大多時候會極力避免下馬打仗。

當地的防守軍隊雖然身手和士氣都遠遠不及張家軍，可是也非手無縛雞之力。只要阿岱和「四狼將」沒有親自出征，要藉由地形抵擋敵軍進犯就不是難事……

頭髮與鬍鬚又多了更多白絲的老爹語氣凝重地低聲說道：

「渡河的玄軍不是騎兵，是步兵。」

「「嗯？」」「步兵……該不會——」

我和白玲無法理解老爹話中的意思，只有瑠璃似乎察覺了什麼。

隨後——圓窗外頭竄過一道閃電。老爹不悅地接著說：

「率領他們的武將叫做魏平安。他曾經是我的同輩，但在七年前投降『玄國』了。想必他們進攻的主力也大多是留在大河北岸的榮國百姓——人數大約五萬。」

「唔！這……」「怎、怎麼會……」

我不禁啞口無言，白玲也詫異得摀住了嘴。

……不對，這其實沒什麼好驚訝的。

榮帝國失去大河北岸已經五十多年。

留在北岸的百姓會認為自己是玄國人也很合理……但還是不免感到心情複雜。

命令投靠己國的武將率領五萬士兵——這絕對是阿岱的主意。

脫離白玲懷抱的瑠璃整理起儀容。

「打仗時動用征服得來的百姓，自古以來就不是怪事。而且他們應該本來就有在北方戰線用上以舊榮國人為主的軍隊，只是沒有派來敬陽罷了。」

「是因為派來攻打同個民族的我們，說不定會叛變嗎？」

「對。」

據說舊榮國人在玄帝國裡的地位非常低。

或許是擔心他們在戰場上突然叛變，回歸祖國吧。我們也從來沒看過舊榮國人軍隊出現在大河附近。

瑠璃挺直背脊，雙眼看向老爹。

「我想勸告張泰嵐大人——派兵前往東方，等同是讓敬陽……也可說是讓整個『榮國』自曝破綻。身為一介軍師，我必須堅決反對聽命前往東方！」

她堅定的語氣透露出些許焦躁。白玲也捏起我的袖子。

老爹沒有移開視線，而是等待軍師姑娘的話語。

瑠璃開始在室內徘徊。

「敵軍人數多出我軍好幾倍。若我們分散兵力，甚至連張將軍都離開敬陽……其實與自殺無異。而且從渡河的敵軍人數來看，很明顯是『誘餌』。講明白點就是——」

她停下腳步，迅速轉過頭來。

「若乖乖上敵人的當，我們就會失去一切。難道那些傻瓜不在乎國家的存亡嗎？」

大多數人不會認為這番直截了當的謾罵是出自漂亮姑娘之口。

……她當然是在責罵都城那些高官。

「老爹。」「爹。」

我和白玲也凝視著眼前這位名將，語氣表露出強烈反對。

外頭再次竄過兩次、三次閃電。牆上燭光悄悄晃盪。

「——……我知道你們怎麼想了。」

一段令人煎熬的沉默過後，老爹從椅子上站了起來。

他轉身背對我們，望著外頭許久未停的雷雨，努力擠出喉嚨裡的話語。

「但是…………但是啊，我也是侍奉皇上的臣子之一。既然令旨上不只有龍印，還有皇上親筆寫下的請求…………我當然只能奉命！就算——」

老爹話中暗藏著對他自己的無盡怒火，以及對於現實的深沉絕望。

……與一千年前在「老桃」下和皇英峰道別前的王英風如出一轍。

「張護國」吐出內心無奈。

「就算……皇上只是聽了林忠道那個為了避免在廟堂上遭到老宰相反對，而私下慫恿皇上的女兒所言才會出此決定，也一樣…………聽說鎮守當地的軍隊不戰而逃，敵軍前往都城的路上也沒有任何可靠的援軍。若我不作為……我們遲早會失去大運河。」

「可是，要是您離開……！」「白玲。」

我舉手制止銀髮的青梅竹馬，對她搖搖頭。

太遲了……已經來不及了。

自從「西冬」背叛，「榮國」就已逐漸失去過往威風。在那場完全是有勇無謀，還因而失去眾多將領與兵卒的死戰之後，更是難以顛覆榮帝國的命運。

即使張泰嵐再怎麼神通廣大，也無法澈底扭轉頹勢。

我們今後唯一能做的，就是不斷努力奮戰，永不放棄——直到找出逆轉局勢的大好機會。

白玲的藍眼泛出大粒淚珠，哭喪著臉說：

「……我先失陪了……」

敬愛父親的銀髮姑娘絲毫不顧腰上「白星」發出刺耳碰撞聲響，直接走向房外。

那傢伙不是傻瓜，她一定知道……已經無法阻止老爹離開敬陽了。

「交給我吧。」

瑠璃把黑貓抱上自己的肩膀，前去追趕白玲。

老爹重新面向獨自留下來的我。

「……抱歉，得讓你們辛苦點了。」

「啊～的確。」

我講得滿不在乎，並坐到椅子上翹起腳來。

接著刻意用非常誇張的動作張開雙手，替白玲講出她的想法。

「不過，我也跟白玲懷著一樣的擔憂。瑠璃剛才也說了，人少的一方面對人數多上好幾倍的大軍還分散兵力，無疑是自殺……如果是王英風，早就決定撒手不管了。他一定會說：『這世上沒有仙丹能治自尋死路的人！』」

「……這話實在是聽得我萬分慚愧。」

老爹露出微微笑容，輕拂他的白鬚。

他的眼中——燃起了強烈鬥志。

「我會帶一萬名士兵。超過一萬人，勢必會降低行軍速度……雖然不太希望派得上用場，但也有事先請王家協助我提出的一些計策。在我回來之前，就拜託你們守好敬陽了。」

「沒問題。我會再和白玲跟瑠璃商討看看。」

我們沒有多餘兵力。

假如敵軍知道張泰嵐不在敬陽，一定會加強攻勢。

「最理想是請老大爺坐鎮敬陽，由我負責鎮守『白鳳城』。我沒有足夠能耐扛下防守敬陽的重責大任。」

「禮嚴不會同意的。他常常提到若有個萬一，少爺一定要留在敬陽。儘管白玲擁有在戰場上掌握良機的天分，卻也有可能因此誤判情勢。但你遇到自己做不來的事，也不吝嗇委由他人代為執行。反倒才是最能勝任的那個人。」

「…………聽您這樣說，我都有點害臊了。」

我的確知道自己的極限在哪裡。所以麻煩事全是交給瑠璃與明鈴負責。

老爹感慨地說道：

「不過……我實在不得不佩服我們的敵人『白鬼』阿岱。他簡直是王英風再世。若沒有敵我之分，還真想和他喝上幾杯酒。屆時你也一同前來吧。」

「……我會考慮看看。」

與王英風再世一同飲酒——

我是想儘量避免跟他一起喝啦。畢竟那傢伙一喝醉就會對我死纏爛打。

……但也知道老爹這麼說只是譬喻。

我從椅子上站起，輕敲劍鞘。

「我們會靜待您平安歸來——老爹，祝您武運昌隆。」

「我不需要武運，就讓給你們吧。麻煩你照顧好大家了。」

我在走廊走了一段時間後，看見白玲跟瑠璃正坐在通往別邸途中的長椅上。

最先發現到我的瑠璃抱起黑貓，在用眼神示意她會暫時離開之後離開長椅。這位仙娘大人真是善解人意。

我坐到垂頭喪氣的銀髮姑娘身旁，摟住她的肩膀。

「別生氣。老爹他也是千百個不願意——」

胸前傳來一陣痛楚。因為白玲撲向我懷裡，捶打我的胸口。

淚水沾濕了我的軍袍。

「我知道。我也不是小孩子了。可是……可是，這太沒天理了！」

「……是啊。」

我沒有制止白玲，而是仰望北方的天空。

雨勢絲毫沒有變小，天上只見彷彿無邊無際的烏雲。

*

「所以——張泰嵐已經離開敬陽，前往東方了？這消息可信嗎？」

「是！這份消息來自留在敬陽的密探，絕不會錯。」

「這樣啊。」

大河北岸「三星城」的大廳堂。

我——玄國皇帝阿岱韃靼正在皇座上聆聽傳令捎來的消息，接著將手肘放上扶手，低聲詢問在場的諸位將領。長長白髮劃過眼前。

「目前士氣如何？西冬軍有在攻打敬陽嗎？」

「全軍士氣非常高昂！」「西冬軍已對敬陽發動猛攻數日。」

「『那個東西』準備好了嗎？」

「是。雖然無法迅速發射第二次，但第一次絕對穩妥。」

看來一切準備就緒了。

唯一的威脅張泰嵐已經前往東方，留在敬陽的敵軍則是被看出我有何盤算的赫杵操弄在指掌之間，無法動彈。

也就是說——大河南岸的「白鳳城」現在孤立無援。

但若嘗試正面交鋒，仍然無法避免蒙受龐大犧牲……我低聲下令：

「你們去準備出征吧。等天一亮，就立刻進軍。前鋒就如我先前在燕京所說，由『金狼』與『銀狼』擔任。這勢必會是一場大戰。尤其敵人可是聞名遐邇的老將『鬼禮嚴』——我期待你們的捷報。」

「「是！」」「遵命！」

將領們離去的腳步迅如狼，不久便僅剩我和擔任護衛的義先留在本營。

眾人引頸期盼的決戰時刻終於來臨。

我摀住額頭，為玄國之敵——那位素未謀面的榮國偽帝感到啞口無言。

「……太無趣了。你們竟然下了一步死棋。」

哀哉！哀哉！張泰嵐、張泰嵐啊！

你如此神通廣大，想必早已多少看出我的計謀了吧？

然而你只是個武力高強的將軍，並非皇帝。

而且——你也不像皇英峰那樣，膽大包天到能夠適時不顧皇帝的命令，只為剷除所有對「煌國」不利的敵人。

「所以，臨京現在怎麼樣了？」

我如此詢問黑影當中那位戴著面具的矮小密探——蓮。

他經常造訪臨京和敬陽，必要時甚至得在這片大陸各地奔走。這位密探說不定比我還忙碌。

戴著狐狸面具的密探沒有察覺我暗自調侃他，回答：

「一切都非常順利。徐家長子已經開始深信田祖——『**老宰相才是讓國家腐敗的奸臣**』的謊言。或許是『**張泰嵐在外患來襲時還得聽從皇上的命令離開敬陽**』，反倒令他更相信是老宰相從中作梗了。」

楊文祥與張泰嵐是榮帝國的「文」與「武」兩大支柱。

如今其中一人的命已掌握在我手中。

「可憐的徐家長子何時會出獄？」

「這陣子老宰相就會親自下令釋放他……田祖會在得知是哪一天後通知我。」

我彎起嘴角，不禁竊笑。

——有方法避免失手當然會更好。

即使無法利用徐家長子，榮國依然會陷入大亂，我國的勝算仍然屹立不搖。

我向和我一樣無所不知的蓮說道：

「昨晚『雙星』受到新月與紫雲遮蔽。想必『高人』此次預測也不會失準。」

「擁有『天劍』的張家兒女仍留在敬陽。」

「——……喔，說得也是。」

我的內心瞬間化作寒冬。

今生一直在尋找前世好友託付給我的那對雙劍，現在卻落在他們手中。

我瞥了擔任護衛的義先一眼，將手肘放上扶手。

「這樣正好。我就來看看他們在敬陽遭到攻陷後，會露出什麼樣的神情吧……皇英峰當年藉著『天劍』撼動了全天下，真希望至少能隱約從持有天劍的他們身上看見他的影子。」

＊

「禮嚴大人早！」

敬陽北方，築於大河南岸的「白鳳城」。

大河受到前所未見的白色濃霧籠罩。在城牆上看著此景時，忽然從身後傳來一句問候。

「是庭破啊。你起得真早。」

走來身旁的，是老夫那個年輕的遠親。

不曉得是不是因為他這陣子經常跟隨少爺和白玲大人征戰，整個人比幾個月前幹練許多，如今已是張家軍數一數二優秀的年輕指揮官了。

他昨晚才帶著急報前來，說敬陽這陣子天天都得應付西冬軍的猛烈攻勢。想必庭破也是坐立難安。

「我打算在返回敬陽前向您打聲招呼。最近雖然已經入春，但還是留有些許涼意。請您先進去吧。而且外頭這片濃霧也讓我們無法觀察任何動靜。」

「不用……老夫有不祥的預感啊。」

回想起七年前那次大軍來襲時，也是起了一片濃濃白霧。

當時還沒有這座城寨，再加上大將軍的執迷不悟與魏平安投靠玄國，導致敵人輕易渡河，讓老夫的主子——「護國神將」張泰嵐大人吃了不少苦頭。千萬不得大意。

於是用手上長槍的石突敲打石材。

「那些傢伙想必已經知道張泰嵐大人離開敬陽了。『白鬼』不可能漏看這種破綻！尤其少爺他們正忙著抵禦西冬軍，無法動彈，對他們來說簡直是大好機會。」

「的確。」

老夫無法抑制內心焦躁，忍不住抓亂早已全白的頭髮。

「都城那些人根本不懂最前線的處境！他們只知道張大人是榮帝國最強的武將，也是皇上的忠臣……但是——」

張大人扛下的重擔實在太過沉重……老夫正是希望能夠多少替他減輕負擔，才會長年為他上陣殺敵。老夫會繼續為他奮戰，直到丟掉這條老命。

接著出拳捶打石牆。

「張大人無法獨自應付所有威脅！假如『三大將』仍健在……！不對，如果能等到少爺與白玲大小姐長大成人的那一刻——……什麼聲音？」

大河的方向傳來幾道陌生聲響。這究竟是什麼聲音？

庭破一臉詫異——

「唔！這聲音是……禮嚴大人！」「唔！」

並立刻將老夫壓倒在地。

隨後，一種震耳欲聾的聲響撼動了整座城寨，四處都是士兵們的哀嚎與飛揚的塵土。

搖搖晃晃地站起身，眼前光景令老夫頓時目瞪口呆。

——原本頗具威嚴的「白鳳城」城牆隨處可見大洞，有好幾座瞭望塔與好幾條路皆已崩塌。

「這、這是……」「是西冬的投石器！可是他們是怎麼打中這裡的……？」

庭破如此斷言後，便瞇起眼睛看往大河。

上來城牆的士兵們各自喊道：

「喂、喂！」「那是……」「是軍船！」「後面那是什麼東西……？」

不妙，城內愈來愈混亂了。

望向大河，嘗試看清楚發生了什麼事——便發現白霧當中有無數軍船逐漸逼近。

以及後方平原上的大片黑影。

「居、居然……居然有這麼多敵軍…………而且還把投石器放在木筏上！」

「唔！」

庭破的大吼令士兵們訝異不已，同時有不少金屬彈落下，讓整座城寨因此大力搖晃。

……張大人，看來老夫這把老骨頭注定命盡於此。

接著深吸一口氣——

「所有人就定位！別讓敵軍闖進城裡！也千萬別忘了咱們要守護榮帝國！咱們一定要守住張大人——張泰嵐託付的這座城寨！！！！」

老夫大聲叫吼，好讓全城都能聽見。

士兵們眼中燃起鬥志，並捶打武器和甲冑附和。

「遵命！遵命——！」

眾人恢復秩序，跑向架設在城內的大型弩箭。

老夫重新握緊手上長槍，向那位遠親低聲下令。

「庭破，你趕緊回去敬陽，告訴少爺——『白鳳城將被攻破。祝您武運昌隆』。」

「禮嚴大人！」

「你可要保護好少爺和白玲大小姐啊。」

老夫大力拍打愣在原地的庭破肩膀。

……其實很想再看看庭破會有多大的長進，無奈世事無常。

接著戴起掉在地上的頭盔，對他下令。

「好了，快走！」

「——……是！…………遵命！」

庭破忍著淚水，快步離去。

城寨不知不覺間已不再搖晃。看來投石器果真如少爺所說，無法立刻發射第二次。

咱們必須盡可能爭取時間。

「禮嚴大人！」

「是你們啊。」

來到老夫身邊的，是在張家軍裡待得最久的一批老兵。

看見敵軍已經準備在城牆旁架設梯子，同時大力頷首說道：

「咱們得盡可能讓年輕人逃出去。你們也來幫忙。」

「包在我們身上！」

「……抱歉。謝謝你們。」

不曉得——已經廝殺了多久。

「呼、呼、呼…………」

如今僅剩下手拿沾血長槍的老夫，獨自守在通往敬陽的城門前方。

一同奮戰的老兵們大多已死於敵軍手中，城內各處皆能見到火舌。

雖然還有一些老兵仍在奮力抵禦外敵……但想必撐不了多久。尤其咱們因為遭到奇襲，而被迫落單。

自己也是白鬚、頭盔與甲冑上滿是鮮血，卻感覺不到任何痛楚。

「魔、魔鬼……」「你、你這個怪物！」「別隨便衝上去，用弓箭射死他！」

那些下馬之後便不敢囂張跋扈的北方馬人顯得萬分恐懼，只是待在遠方與老夫對峙，完全不願意走近一步。

老夫彎起嘴角，開口嘲笑他們。

「哈哈哈哈！你們竟然怕一個命在旦夕的老人怕成這副德性……真是太沒出息了！你們這樣豈止打不過張泰嵐，連張隻影和張白玲的腳趾頭都碰不著！還是明智點，乖乖捲著尾巴滾回北方去吧！」

「唔！」

不甘受辱的敵方士兵氣得滿臉通紅，舉起手中的弓。

…………看來這條老命得到此為止了。老夫握緊手裡的長槍。

「你們退下。」「且慢！！！！」

兩名穿著閃亮金銀甲冑的敵方將領從樓梯上跳了下來。

其中一人身材高大，另一人身材矮小。他們明顯不是泛泛之輩。

「哦，總算來了兩個看起來有點骨氣的。報上名來。」

我重新舉起長槍，使得鮮血隨之滴落。

拿著蛇矛與長斧的敵方將領無所畏懼地報上名號。

「我是侍奉偉大天狼之子阿岱皇上的『四狼將』之一——『金狼』輩堤茲索。」

「而我是『銀狼』沃崙茲索。老頭，你還滿厲害的嘛。敢問大名？」

沒想到老夫這輩子最後面對的敵手會是「四狼將」！

身為習武之人，這可說是至高無上的光榮。

「張泰嵐麾下忠臣——禮嚴。」

鄭重地報上自身名號。沒錯，老夫正是張大人最忠誠的臣子。

兩位將軍略顯訝異，鬥志愈發高昂。

「哦……你就是『鬼禮嚴』啊。」「由你來當我們的對手正好！」

老夫一樣露出笑容，對他們發出如同猛虎的叫吼。

「小鬼！老夫可不會輕易把項上人頭交出去。你們真想拿——就賭命來拿吧！放馬過來！」

第三章

「魏將軍，原來您在這裡啊。我一直在找您。」

黃昏時分，大河下游的貧脊村落「子柳」郊外陣地。

我——玄帝國將軍魏平安正看著逐漸西下的夕陽，以及忙得不可開交的士兵們。挪動沉重的身軀，轉身看向呼喚我的人。

率領進攻「榮國」第二軍約五萬士兵跨越大河，已是數天前的事情。

雖然敵軍反擊攻勢薄弱，沒對我軍造成多少損害，但也不改我們身處敵國的事實。

而我也無暇懷念過往的祖國。

於是詢問容貌顯得精明幹練又精神抖擻的年輕黑髮參謀。

「……安石，是出了什麼事嗎？」

「沒有。我們已派斥候至四面八方偵察，應該不容易遭到奇襲。這裡……真的就是『榮國』之地嗎？」

看來他只是想聊聊，才會來找我。

「也對，我記得你是『榮京』人吧？」

「將軍，現在應該稱之為『燕京』。請您別忘記我們軍中也有玄國人。」

「……抱歉。」

我輕抓自己的鼻子，並向他道歉。

五十餘年前，榮帝國尚未失去大河以北的年代——當時的首府為「榮京」，直到被玄國攻下才改稱「燕京」。

舊榮國人在玄帝國內的地位相當低。最好還是別提及可能引發爭執的事情。

「命你由大河下游渡河，恫嚇臨京。」

尤其也有不少將領看不慣七年前投降「玄國」的我，竟然能夠得到皇上當面下達的命令……

我摸起自己雜亂的鬍子，細眼凝望北方大河。

「我們成功跨越了大河，而且——雖然弱得不堪一擊，我們仍然擊潰了榮帝國的軍隊！皇上想必也會很高興聽到這份捷報。」

「……希望真是如此。」

參謀語帶遲疑，皺起眉頭。

「怎麼了？你出發前不還興高采烈地說：『我想立下戰功，爬上更高的地位！這樣一來，舊榮國人的地位應該也能有所改善！』嗎？現在這樣正好吧！而且你不像我已經上了年紀，也得讓你爬上更高的位子才行。」

「……叔叔，我想借一步說話。」

我們魏家這位出色的人才——也是將來的當家刻意小聲說話，避免讓其他人聽見。

看來……應該是麻煩事。

「士兵們在傳**『我們會不會只是用來引走張泰嵐的誘餌』**。我還聽到張家軍已經離開敬陽的風聲，但不清楚是真是假。」

陣地裡的士兵們開始準備用飯。

這附近與我們平時待的東北戰線不同，氣候非常穩定，水源也相當豐富。士兵們的士氣應該也因此不算差……

我嗤之以鼻地說道：

「……怎麼可能。你知道敬陽離這裡有多遠嗎？張家軍是沒有玄國這麼注重騎兵，但他們不可能在短時間內帶著大陣仗走過有不少河川、湖泊和沼澤的地形。即使他們備了軍船，也快不到哪裡去。派去敬陽那一帶的斥候有發現任何異狀嗎？」

「沒有……可是——」

安石仍然放不下心中懸念。

或許是過往經歷，讓他對老兵們所說的話抱持一定程度的信任。

我輕拍參謀的肩膀，出言安撫他。

「聽好，阿岱皇上格外厭惡讓士兵們做無謂的犧牲。在東北戰線討伐蠻族時也是如此。而且……皇上曾私下告訴我，若敵方兵力太過強大，我可以自行判斷何時撤退。我們本來就沒必要與敵人交手。因為我們真正的任務是打造出**『玄國軍入侵大河下游』**的狀況。」

「唔！……這也是皇上的計策嗎？」

「嗯。我聽了也是不禁渾身顫抖。」

拋棄祖國，投靠玄國以後，我才終於知道——

阿岱皇上與榮偽帝的能耐，簡直是天差地別！

雖然偽帝心地善良……但是他直至今日仍然重用林忠道和黃北雀那兩個刻意算計總是忠言奉勸皇上的我，逼得我當初只能選擇投降的奸臣，自然不難看出他只有多少斤兩。

……而且他甚至提拔那個蠢貨的養女作為寵妃！

心中一道怒火油然而生。

「尤其敬陽沒了張泰嵐一定守不住。待敬陽失守……」

腦海裡瞬間閃過早已捨棄的過往，令我支支吾吾起來。

過去景仰的「三大將」當中「鳳翼」與「虎牙」已陣亡，軍政幾乎全落在「護國」身上。

我甩開這份感傷，斷言：

「『榮國』便將踏上亡國的命運。即使臨京那些高官再怎麼愚蠢，楊文祥也不會允許此等憾事發生。」

「叔叔，您……曾見過張泰嵐與楊文祥嗎？」

參謀戰戰兢兢地問道。

——他的眼中藏著與幼時無異的好奇。

明明已經二十好幾，就快當父親了。真受不了他。

我苦笑著挺起胸膛。

已成過往的那段輝煌時光——我當時從沒料到自己會成為玄國將領。

「那當然！他們從我還在榮帝國時，就已經是名震天下的武將和宰相了……不過——」

「不過？」

安石面露狐疑地看著沒有繼續說下去的我。

——張泰嵐和楊文祥皆是曠世之才。

但也同時是那位昏君的忠臣。這侷限了他們的長才。

我短暫閉上雙眼，搖搖頭說：

「沒有……沒事。總之──」

我輕拍姪子的肩膀，盡可能表現得開朗。

「率領軍隊的將軍不能將內心不安表露無遺」。

這是張泰嵐大人教會我的道理。

「我們做自己該做的事情就好！等這場仗結束之後，我就要功成身退了。以後魏家就交給你

──……什麼聲音？」

遠方傳來眾多軍馬的嘶鳴聲，地面也被震得晃動不已……是南方嗎？

敵軍的守備隊已經潰不成軍，不可能有這麼多人。

參謀講出他的樂觀推測。

「應該是斥候們回來了吧？」

「……不對。」

士兵們停下手邊工作，仔細注意周遭的任何風吹草動。

幾乎在同一時刻──我看見「南方」小山丘上隨風飄揚的軍旗。

我和姪子大吃一驚，甚至差點站不穩。

「怎、怎麼可能……這不可能！」「怎、怎麼會……」

逐漸西沉的陽光照亮了那些軍旗。旗上寫著——「**張**」。

是「張護國」……榮帝國僅存的唯一一位守護神前來懲治我們這些膽敢入侵的外敵了。

眾多騎兵與步兵接連現身，突擊我們的陣地。

我忍不住大吼：

「他們怎麼趕來的……就算是搭船，也不可能這麼快！難不成是用了仙術嗎？」

「魏將軍！我們先防守要緊！」

最快恢復鎮定的參謀伸手抓住我的手臂。

我大口呼吸——「……我們走！」「遵命！」轉身前去應戰。

他們可能是坐軍船順著大運河而下，祕密行軍至此。

這裡雖然有不少河川、湖泊跟沼澤，卻也是榮帝國的領地。他們當然會比我們熟悉這一帶的地形。

不過，他們一定是連夜行軍趕來的。我們……我們還有勝算。

即使贏不了，也得奮戰到底。若我們一敗塗地，玄國的舊榮國人今後一定會吃上更多苦頭。

我盡全力激起自身鬥志，卻也能夠冷靜理解到我們的處境。

我們怎麼可能——打贏七年前甚至將「白鬼」逼入絕境的吾師，張泰嵐呢？

＊

「隻影大人，發現敵軍！他們的軍旗有著金邊與銀邊，上頭寫著『狼』！目測約五萬人！」

人在瞭望台上的和杜語氣非常急迫地喊道。她似乎把望遠鏡還給瑠璃了。

「唔！」

臨時在敬陽北方築起的郊外陣地裡頓時一陣驚慌……這也難怪。

畢竟這裡大多是三天前從「白鳳城」逃出來的士兵。

敵軍沒有在渡河過後——立刻展開攻勢，應該是因為負責殿後的老大爺和老兵們給予了他們嚴重打擊。

「白鳳城已遭玄國軍攻陷！禮嚴將軍陣亡！」

我跟白玲聽到這則消息時，都相當難以置信。老大爺怎麼可能會死？

但親眼看見敵軍無比龐大的陣仗，也只能承認這個殘酷的事實。

……為什麼會發生這種事！我強忍幾乎要化成嘶吼的激動。

原本負責輔佐我的白玲和瑠璃因為得去抵禦今天早上再次展開進攻的西冬軍，並不在這裡。

「率兵之將身陷絕境時，更需要保持平靜。」

我暗自複誦千年前皇英峰給予年輕將軍們的訓誡。身陷絕境時，更需要保持平靜。

接著撫摸黑馬的鬃毛，猜測敵軍身分。

「看來是敵軍的先鋒。從軍旗來看，應該是玄國『四狼將』之中——在北方大草原大殺四方的『金狼』與『銀狼』吧。」

據老兵所說，上一次出現足以籠罩整條大河的濃霧，是七年前的事情了。

敵軍利用這片濃霧將投石器放上巨大木筏來偷襲白鳳城，並藉機渡河，使得長年支撐著張家軍的「鬼禮嚴」因此陣亡。

蘭陽之戰開戰前也起了濃霧。難不成「白鬼」是連天氣都能操弄在指掌之間的怪物嗎？

在我左邊的庭破咬牙切齒道：

「…………全軍……準備——」

「庭破，我知道你很不甘心，但你先冷靜。」

我伸手制止他。這位青年武將對禮嚴之死感到非常自責。

庭破眼泛淚光大喊：

「可是！隻影大人！」

「老大爺他啊————！！！！」

我不顧庭破與士兵們被我嚇了一跳，仰望漆黑天空。看起來隨時會降雨。

……唉，我真是太沒用了。短暫閉起雙眼，為逝世的老將軍默哀。

然後駕著愛馬前行，向士兵們說：

「禮嚴他……就像是我跟白玲的……另一位父親。他從小照顧我們到大……我一直……一直想找機會報答這份恩情……所以我當然也無法原諒奪走他性命的那些傢伙！我一定會替他報仇雪恨。也因為想報仇——才更應該冷靜。你們也是一樣！不許你們白白送掉好不容易在『白鳳城』撿回來的命。」

「…………是！」

所有人臉上瞬間顯露決心，並重新握緊了各自的武器。

即使面對排山倒海而來的大軍，士氣依然不減。

這可得感謝老大爺總是很照顧張家軍的士兵。

「敵軍有動靜了！有兩名疑似是敵方將軍的騎兵率隊前來。那是……載貨馬車？好像載著什麼東西？？」

「嗯？」

和杜這番警告摻雜著些許困惑。

幾乎所有人都看著前方的玄國軍隊。

——身穿金銀甲冑的兩位將軍騎馬逼近我軍。

身材高大的將軍手上拿著槍尖扭曲如蛇的「蛇矛」。

以前明鈴曾讓我看過那種武器，據說是一個無名鐵匠從異國短劍的形狀想出來的點子，殺傷力比一般長槍還要更強。

身材矮小的將軍手上拿著沒有多做裝飾的長斧。

他們在弓箭射不中的位置停下馬和馬車，報上自己的名號。

「我是輩堤茲索！亦是侍奉偉大天狼之子阿岱皇上的『金狼』！」

「我是沃峇茲索！亦是慈悲為懷的阿岱皇上麾下的『銀狼』！」

「唔！」

陣地裡一陣鼓譟。沒想到敵軍武將會刻意這麼做。

簡直就像我在敬陽攻防戰那時候一樣。

敵軍武將高舉蛇矛與長斧大喊，拉動馬車的馬與其他士兵便隨即離去。

「聽好！我們想在開戰前歸還『鬼禮嚴』的遺體！」

「我們兄弟倆願以自身名譽發誓，絕對不是圈套！是出自我們對這位英勇老將軍的敬意！」

我訝異得睜大雙眼。

……這樣啊……原來如此。老大爺真的已經……

我大口深呼吸，伸手碰觸腰間的「黑星」。

接著對感覺隨時會衝上前的青年武將，與從瞭望台上下來的那位肌膚黝黑的姑娘下令：

「庭破，你在這裡等著。和杜，拜託妳率隊和我一起去帶老大爺的棺材回來。」

「隻影大人！」「……遵命！」

青年武將面露錯愕。我用拳頭輕碰他的胸口，點了點頭。

十幾名士兵立刻集合，準備前去收回棺材。他們都是甲冑已沾滿髒汙，且身負輕傷的老兵。

同時也是活著從「白鳳城」回來的士兵們。

「別擔心。他們是名副其實的『狼』，不會玷汙自身名譽——我們走。」

「遵命！」「是！」

我駕著黑馬，率領徒步前行的和杜與老兵前去與兩位將軍會面。

——前有五萬以上的敵軍，後有兩萬友軍。

在這樣的陣仗下收回棺木——說不定以後會有哪本史書寫到這件事情。

「啊啊……！」「老將軍！」「可惡！……可惡！」「禮嚴大人，您為了讓我們逃走……」

一抵達兩位將軍面前，老兵們便立刻前去查看貨車上的棺木，流下悲痛欲絕的淚水。

我以眼神催促暗褐色短髮的姑娘，並駕著愛馬前進幾步。

輕拍劍鞘，向敵方將領自報名號，以示我們無意偷襲。

「我是率領這支軍隊的張隻影！『金狼』、『銀狼』！雖然我們在戰場上勢不兩立……我仍誠心感謝你們對禮嚴懷抱如此敬意！」

「唔！」

敵軍忽然一陣驚慌，大聲鼓譟。

兩位敵方將領也訝異地嘀咕：

「哦，就是你啊。」「原來你就是殺死阮古頤跟叟祿的張家之子！」

身著閃亮銀色甲冑的沃峇毫不費力地轉動手上長斧，以宛若餓狼的銳利視線狠狠瞪向我。

……這傢伙一定不簡單！

金色甲冑的輩堤揮舞蛇矛，以誠懇態度提出要求。

「張泰嵐之子！你這等強將應當知道情勢多麼懸殊！你們沒有勝算！奉勸你們速速投降！阿

岱皇上相當注重才華，若你願意投靠玄國，保證能夠永享榮華富貴！」

我拔出「黑星」，指著敵方武將。

「感謝你的抬舉。不過……我拒絕投降！」

陽光在漆黑劍身上留下刺眼光芒。天上烏雲已經散去。

「吾名為張隻影！我曾受張泰嵐與張白玲所救……亦受老將禮嚴細心撫育成人！你們竟然要我忘恩負義，侍奉『白鬼』？別開玩笑了！！！！」

「張隻影！張隻影！張隻影！」後頭友軍發出大聲歡呼，不斷呼喊我的名字。

兩匹「狼」各自駕馬回頭。

「……這樣啊，實屬遺憾。」「你這條小命我要定了！」

敵軍吹響號角後，騎兵便開始朝各個方向奔馳。

我暫時收起劍，拉動轠繩，迅速衝到擺放在壁壘後頭的棺材旁邊。

老大爺的神情非常安詳，乍看完全不像和「玄國」引以為傲的「四狼將」打過一場血戰。

「啊啊……」「禮嚴大人……禮嚴大人！」「我們竟然無法保住您的命……！」「請您原諒我們不成材……」

庭破與老兵們用力捶打地面，其他士兵也放聲痛哭。

我用手向正在率領火槍隊迅速整隊的和杜打暗號，並伸了個懶腰。

「各位，晚點再哭吧。老大爺不會希望我們在這時候為他哭泣。他一定更希望——」

我用劍直指天際。

「我們張家軍拿下勝利！敲響銅鑼！進攻了！」

「喔喔喔喔喔喔喔喔喔喔！！！！！！！！！！！！！！！！！！！」

各個將軍與士兵們一同高舉武器，高聲附和。

很好。老大爺救回來的士兵們都還有辦法上陣。

「我去指揮行軍！先告辭了！」

庭破在敬禮過後騎上馬，迅速離去。他現在也是足以撐起張家軍的年輕將領了。

畢竟我得在最前頭衝鋒陷陣，必須要由他來專心指揮張家軍。

我一邊指示屬下們準備防守，一邊駕馬靠近那位肌膚黝黑，且正全心全意替火槍做戰前最後一次調整的年輕姑娘。

「和杜，我想拜託妳一件事。這件事只有才剛來張家軍不久的妳能夠勝任。」

「好！」

號角與銅鑼聲逐漸籠罩整個戰場。

身材高大的姑娘用手壓住她隨風飄逸的暗褐色短髮。我盡可能以輕鬆語氣說道：

「我不打算送命，今天也只打算稍微刺激一下敵軍就撤退……但對手實力高強，我不一定能平安回來。而且妳也看到庭破剛才那個樣子。萬一我真的陣亡，就立刻去請瑠璃下指示吧。」

我們的軍師一定有辦法和白玲一同守住敬陽，避免在老爹他們回來之前遭到攻陷。

畢竟她們能夠只以少少兩萬兵力澈底壓制住西冬十萬大軍。

和杜眨了眨圓滾滾的雙眼，疑惑地詢問：

「……不是找白玲大人，是瑠璃大人嗎？」

「對。」

玄國騎兵排起陣形，彷彿振翅飛翔的巨鳥。

那是北方大草原遊牧民族偏好的陣形。這點看來與千年前無異。

人數眾多的軍隊不需要縝密的戰術，只需要仰賴騎兵的衝勁輾壓敵軍。

我莫名覺得有趣，隨後閉起一隻眼睛說道：

「我們張家大小姐的冷靜沉著雖然是表裡如一……只是扯到自家人，就是另一回事了。她知道我戰死，說不定會失去理智。但換作是瑠璃，她一定可以冷靜地替張家軍下最好的一步棋。」

白玲是個太過善良的人。

如果我也追隨老大爺的腳步離世……她應該會哭吧。不對，還是會邊哭邊生氣？

和杜聽懂了我的用意，點頭說道：

「知道了。不過，屬下可以冒昧向您提出要求嗎？」

「好，妳說吧。」

這位原本待在宇家軍的姑娘這些日子以來幫了我們不少忙。我不介意聽聽看她的要求。

隨後，和杜忽然顯露她這個年紀的姑娘常見的純真神情，用食指指著我的鼻尖。

「您要是有個萬一，瑠璃大人也一樣會難過。請謹記在心。假如您忘了這件事——」

她舉起手上的火槍瞄準我，暗示屆時會讓我吃不完兜著走。

想必這副純真模樣，才是平常的和杜。也難怪怕生的瑠璃會親近她。

我假裝舉手投降，回答：

「好，我會記得。」

「對不起，冒犯到您了。」

和杜以近乎高雅的優美動作深深低下頭，向我道歉。

聽說宇家軍裡有些來自西方的原住民族……說不定和杜小時候生在會教導禮儀的高貴家庭。

但我沒興趣深究，僅僅向她笑道：

「我看妳好像很快就成了瑠璃的親信嘛。改天幫我勸勸她下棋的時候手下留情一點吧。」
「這就辦不到了！隻影大人是希望瑠璃大人討厭我嗎？」
「我開玩笑的，開玩笑。」
我對意外聊得來的年輕姑娘揮了揮左手，騎著愛馬前往已經井然有序的軍隊前方。
接著先是檢查自己的弓和箭筒，再呼喚那位青年武將。
「庭破。」
「是！三千騎兵已準備就緒！隻影大人……祝您武運昌隆！」
他毫不遲疑地回答，立刻返回壁壘後頭。庭破果然很適合這個位子。
我忍不住笑了出來，隨後大喊：

「張家的士兵們！你們全跟著我來！別落後了！」
「是！！！！！」

我鞭策愛馬，跑在張家軍的最前頭。
一同展開突擊的三千騎兵也緊跟在後。
「唔！」

敵軍前陣似乎感受到了我們的鬥志，長槍與軍旗的動靜顯得有些慌張。

我們必須以寡敵多，且率領敵軍的是「金狼」與「銀狼」。

不過——我們也還是有可能趁著這陣混亂打擊敵軍先鋒，再迅速撤退。

我將幾支箭矢搭上弓弦，瞄準敵方指揮官。這時，數名騎兵加速逼近至我身後。

「少爺！」「我們來當您的後盾。」「這是禮嚴大人的命令。」「恕我們無禮！」

他們是活過「白鳳城」之戰的老兵。

感覺能夠聽見遠處傳來老大爺的訓誡——「少爺，您千萬不可勉強自己。」

「……哼！老大爺就算離世了，也還是這麼愛多管閒事啊！」

「唔！」

我射出的箭矢，直直射穿了敵方指揮官的額頭。

再接著朝連忙展開突擊的敵軍騎兵肩膀、手臂與大腿放箭，鼓舞我方士氣。

「把那群野狼打得滿地找牙！！！！」「好！！！！！」

能夠騎射的我軍騎兵射出幾陣箭雨，射倒了不顧一切直衝而來的敵方騎兵。

——形勢明顯對我方有利。

我們以寡兵面對強大無比的玄國騎兵，卻仍能占上風！

然而，這份優勢也想必會在敵軍恢復鎮定後立即消逝。

要抓準時機逃到壁壘後頭，引誘他們來到弓箭和火槍射得中的位置才行……

「張隻影——————！！！！！」

「唔！嘖！」

我用「黑星」一劍斬斷忽然朝我直飛而來的長槍。

「銀狼」沃峇茲索絲毫不在乎我軍射出的箭雨，揮舞著長斧，隻身衝向我方……看來果然無法如我想的那麼順利。

「慢著！」我大聲制止後頭的老兵，與試圖迎擊的其他騎兵。

然後揹起弓，回頭命令他們：

「這樣就夠了！快回壁壘後頭！庭破會告訴你們該做什麼！」「唔！隻影大人！」

我不顧士兵們的制止，與敵方那位揮舞長斧的武將對峙。

頭盔上有著銀色裝飾的武將——沃峇面露欣喜。**「不准插手！」**他大聲喝斥屬下後，便迅速朝我逼近。

「哈哈哈哈！主將竟然親自在最前頭衝鋒陷陣！不錯，我欣賞你——！就賞你能夠被我親手奪下首級吧！」

「想得美！」

長斧與劍在我們與彼此交會時敲出刺眼火花。

銅鑼聲敲得比剛才更快，催促我方士兵迅速撤退。敵方騎兵也因為有不少人刻意避開我和沃峇，並沒有對我軍窮追不捨。

身材矮小的狼咧嘴笑道：

「厲害！我的長斧直直敲中你的劍，竟然還敲不斷！」

「謝謝你的……稱讚！」

我們再次逼近彼此，與近在咫尺的對手過招十數次。

長斧這種武器不適合近距離戰鬥。

然而——沃峇卻憑藉高超的技巧，一一擋下我的每一次斬擊與戳刺。

「怎麼啦！快讓我見識見識你打倒『赤狼』跟『灰狼』的好身手啊！」

「可惡！」

我架開他的揮砍，三度與他拉開距離。

周遭已經只剩敵方騎兵，如果我能夠打倒他，還是有機會全身而退——敵軍隊伍忽然讓出了一條路，隨即見到身穿金色甲冑、手拿蛇矛的敵方武將朝著我們直衝而來。

「沃峇！」

「哥，你不要插手！我要親手殺了這傢伙！」
「銀狼」的馬應該是相當優秀的上等好馬。他以懾人神速接近我，大力揮下長斧。
一次、兩次、三次——每一次接下他的攻擊，都令我的手感到一陣麻痺。
幸好我拿的是「黑星」，劍刃才能毫髮無傷，否則老早就被他的長斧敲斷了——
「唔！」
我大力向後仰，勉強躲過從旁戳來的蛇矛。
扭曲如蛇的槍尖閃過詭異光輝。
我在起身時用一記橫掃彈開蛇矛，拉開彼此間的距離。
沃呇駕馬靠近「金狼」輩堤茲索，大喊：
「哥！」
「吾弟……千萬別忘記，這裡可是戰場！而我們是帶領整支軍隊的先鋒。張隻影，阮古頤與叟祿是我們兄弟倆的好戰友！就用你的人頭來償命吧！」
「哼！誰的人頭會先落地還不知道呢！」
我一邊開口回敬兩匹「狼」，一邊思考該如何突破重圍。
這對兄弟身手非常好。一打二的情況下要打贏他們，或許是難如登天。
——……走為上策。

「你在動什麼歪腦筋！」

「當然是打倒你的方法啊！」

我架開輩堤奇特的斬擊與銳利的戳刺，同時鞭策愛馬，仔細聆聽周遭。

敵方騎兵格外吵鬧。因為庭破正對包圍我的敵軍施壓——這時，忽然一陣寒意流竄全身。

「抱歉了，你就乖乖受死吧！！！！」

我立刻拔出短劍，扔向從反方向衝過來的沃呇，卻在空中被他一分為二。

輩堤沒有放過這個大好機會，改以雙手握持蛇矛。

「吾弟！」「哥！」

兩人同時左右夾擊。糟糕，我會沒命。

至少要與其中一人同歸於盡——忽然，敵方騎兵陣形出現缺口，且有小刀從該處飛向兩名敵方武將。

「唔！」「什麼？」

「金狼」與「銀狼」擋下突如其來的攻擊，並懷著明顯戒心退開至遠處。

——一名騎著巨馬，手持青龍偃月刀的美髯公泰然自若地出現在我們眼前。

連以不怕死聞名的玄國騎兵也不敵他強大的威嚴，愣在原地。

「他是我兒子，我可不會允許你們奪走他的命。」

「老、老爹！」

本應不會出現於此的「護國神將」張泰嵐駕馬來到我面前，輕撫他的美髯。

闖來敵陣的我方騎兵成功打退敵方騎兵，團團包圍訝異不已的我。

……等等，老爹是怎麼從大河下游趕回來的？照理說不可能這麼快啊！

返回騎兵隊伍之中的敵方武將似乎也大吃一驚，難掩驚慌。

「不會吧……」「這怎麼可能！」

「好了，你們要打，還是要逃？我是不介意現在就取下你們的項上人頭。」

「～～唔！」

敵方騎兵們顯露恐懼。

老爹長年鎮守敬陽、百戰百勝的功績，連玄國人也是多有耳聞。

面色嚴肅的輩堤揮舞蛇矛，下令：

「……我們撤退吧。」「哥！」

弟弟忿忿不平地喊著兄長的名字，但「金狼」沒有多加理會，直接駕馬回頭。

「銀狼」氣得以長斧劈開岩石，隨著兄長離開——途中，他們各自停下了腳步。

「張隻影！我不會忘記你的名字！」「我們下次可不會手下留情！」

兩匹「狼」高舉蛇矛與長斧，率領井然有序的敵方騎兵撤退。

……看來是得救了。

我頓時感到疲憊不堪。這時，老爹回過頭對我說：

「隻影，我們撤退吧。幸好有事先請明鈴姑娘藏些外輪船在大運河，才能迅速帶著大批軍隊回來，也才勉強趕得及過來救你……你要是敢比我早死，我就得跟禮嚴多說說你幾句了。」

「唔！原來是明鈴——……遵命。那、那個，老爹！」

「你別向我道謝。我只不過是做了件理所當然的小事。」

「知、知道了。」

我方士兵和將領發出竊笑聲。我瞪著他們，反倒讓他們愈笑愈大聲。

老爹也露出開心笑容——隨後便用足以撼動整座戰場的聲音下令：

「各位，幸虧有你們的英勇奮戰，才得以避免敬陽在我離開之時失手。我們不需追打敵軍！只需要儘快帶著傷兵返回敬陽！」

「遵命！張泰嵐大人！」

＊

「隻～影～～」

「唔喔！」

一回到張家大宅的寢室，就發現張白玲正火冒三丈地等著我回來。她氣得甚至讓人覺得她的怒氣說不定能夠吹起那頭銀髮，那雙藍眼也銳利如刀。

雖然朝霞與和杜也在……只是她們似乎很樂在其中，看來是沒辦法求救了。

我不敵白玲的怒火，但還是拚命舉起雙手制止她。

「妳、妳幹什麼？我、我今天又沒做什麼會惹妳生氣的事情——」

「和杜姑娘都跟我說了。」

「什麼！」

她、她居然背叛我！

褐色肌膚的姑娘就待在滿臉欣喜的朝霞身旁，一副若無其事的模樣。

「我不論何時身在何方，都會站在女孩子這一邊。我去叫瑠璃大人過來。」

「我覺得自己說不定能跟和杜姑娘成為好朋友♪」

兩人如此說完，便馬上離開寢室。

原來她們一開始就暗中說好一聽到我說了什麼就要告狀！太、太大意了……

我正覺得頭痛時，白玲坐到了長椅上。

「總之，你先坐下吧。」

「……好。」

我沒有膽子在這種時候拒絕她。

於是將「黑星」倚放在「白星」旁邊，坐到銀髮姑娘身旁。

「真受不了你！居然說什麼『萬一我真的陣亡了——』！我可從來沒有允許你說這種話！而且你還獨自應付『金狼』和『銀狼』！就這麼想挨罵嗎？」

「……呃，我已經在挨罵了啊。」

白玲雙手合十，露出微笑。

感覺背脊竄過一陣寒意。啊，糟了。

「有什麼問題嗎？」

「…………對不起。」

人還是乖乖認命比較好。

忽然聽見一道嘆息——隨後便被抱住了頭。

我也因此聞到一股花香。看來西方戰況不至於艱困到無暇入浴。

白玲一邊用手指梳理我的黑髮，一邊抱怨。

「你就是經常這樣，我才會不想讓你獨自上陣。明明平常老是喊著要當小城文官……卻總是趁我不在的時候……這樣胡來…………」

她的溫熱淚珠滴落在我臉頰上。

我抬起頭，調侃眼眶泛淚的白玲。

「別哭了。妳有去見老大爺嗎？」

「……我才沒有哭。已經向禮嚴道別過了。」

銀髮姑娘將頭撇向一旁，以袖口擦拭眼角。

然後和我肩併著肩，迅速講道：

「我們明天要一起上陣喔？」

「呃，這……」

「我不聽你狡辯。絕對不聽……絕不。」

「唉……」

她固執的態度與眼淚令我不知該如何是好。張白玲個性相當頑固。

我聽見走廊上傳來好幾個人的腳步聲，連忙出聲求救。

「那個……身經百戰的軍師姑娘，妳快來幫忙說服我們張家的大小姐吧。」

「你真傻。我怎麼可能會答應呢？」

讓黑貓待在左肩上，且沒戴著平時那頂藍帽的瑠璃大步朝我們走來。和杜也隨侍在側。

瑠璃用她小小的指頭當面指著我。

……奇怪？她該不會在生氣吧？？

「我就趁這次機會跟我們這位未來想當小城文官，又喜歡賭命的人講清楚吧。聽好，人一旦死了，再後悔也來不及了。你要努力活下去，不能輕易犧牲自己的性命！」

直直凝視著我的那雙綠眼顯露出強烈意志。

——也對，這位仙娘曾經失去故鄉和家人。

瑠璃用手指彈我的額頭。

「留在人世的人——就應該親眼見證先行離世的人沒機會見識到的世界吧？張隻影大人，你不這麼覺得嗎？」

「……隻影？」

仍在哭泣的白玲拉起我的袖子。

……真拿她沒辦法。我舉起雙手。

「好吧，我認輸。不過！白玲想跟著我上陣，就得先問問老爹和瑠璃……」

「我無所謂。畢竟西邊的情況簡單來說，已經是束手無策了。和杜。」

「是，瑠璃大人。」

一份畫著地圖的卷軸攤開在圓桌上。

我一邊用布擦拭白玲的眼淚，一邊看向那份地圖。

上面畫著敬陽目前的防守概況。

西邊只有少部分壁壘和壕溝遭到摧毀。

瑠璃坐到我身旁，把黑貓小唯抱到自己腿上，輕輕撫摸牠。

「西冬軍自從打算兵分二路失利後，就改為謹慎摧毀每一個壁壘和壕溝，慢慢接近敬陽。而我們則是用弓箭和火槍阻止他們繼續前進，偶爾也會主動反攻。像白玲今天就燒掉了敵方陣地裡的投石器——」

「慢著。」

我聽到一半，忍不住打斷正在回報戰況的瑠璃。

接著瞪向一旁的白玲。

「……喂，妳怎麼沒和我提到反攻這件事？」

「因為你應該會反對我這麼做。但我有先問過爹。」

「什麼！真受不了妳耶……妳是張家的繼承人，萬一出了什麼事——咦？呃……瑠璃姑娘？和杜姑娘？妳們怎麼都露出那種表情？？？」

我才訓話到一半，就因為敵不過軍師與輔佐官那彷彿想說：「這個人在說什麼鬼話？」的眼神，而無法繼續說下去。

「這都要怪你。」「是隻影大人不好。」

「什麼！」

兩人如此斷言，使我愣得嘴巴不禁開開合合，就好比一條鯉魚。

白玲和瑠璃戳著我的臉頰說道：

「你也一樣是『張家』的孩子。」「難怪明鈴老是因為你發牢騷。」「看來是沒自覺呢。」

「唔唔唔……」

糟、糟糕，完全想不到該怎麼辯贏她們。

而且連和杜都若無其事地加入訓話的行列。

「哈哈哈！你們聊得滿開心的嘛。」「打擾了。」

「唔！」

仍穿著軍袍的老爹走進房內，對我們哈哈大笑。在他身旁的則是庭破。

老爹見我連忙想站起來，便舉起巨大的手制止我。

「用不著拘謹。我們剩沒多少時間。畢竟——明天就是決戰，得早點入睡，消除疲勞才行。不過，我必須先來了解現況。」

老爹眼中的決心令我感受到——

「護國神將」張泰嵐並沒有放棄。

我以眼神向白玲示意，接著向在此次攻防戰依然大顯長才的軍師說：

「瑠璃——麻煩預測明天的戰況。我們的前提是『白鬼』阿岱一早會率領玄國軍主隊布陣，而且應該已經新選出兩匹狼的『四狼將』也會率領麾下士兵上陣。」

「我認為他們不會有用來應付城外戰的投石器。再加上他們攻破『白鳳城』才短短三天，應該沒有足夠時間搬運和組裝投石器。」

「……這樣還是不足以扭轉局勢。雖然玄國軍的主力和人數已經較先前少，但別忘了還有西冬軍。」

瑠璃大吐一口氣，以十指交錯的雙手抵著她小小的頭。

和杜與庭破開口補充最新情報。

「我們聽說似乎有一名『四狼將』沒有現身。」

「這是斥候不久前帶回來的消息，應該不會錯。」

敵軍負責打頭陣的是「金狼」和「銀狼」。

我們已經打倒「赤狼」與「灰狼」……沒現身的「四狼將」只有「一名」。

我想起上一場仗因為有白玲和瑠璃相助，才成功打退的那個怪物——那個身材魁梧，有著一頭黑髮，且左臉上有道刀疤的「黑刃」義先。

他同時是害瑠璃失去眾多親人的凶手，而且很可能會在明天現身。

金髮仙娘抬起頭，面色凝重地搖了搖頭。

「我直接說結論吧——縱使是『王英風』，也不可能讓我們毫髮無傷地打贏這場仗。」

瑠璃說得對。

不對，那傢伙反倒才是逼迫敵人陷入這種絕境的那一方。

「能在開戰前定勝負，自然是再好不過……但我看你這種能靠著兩把劍扭轉劣勢的人，大概不會懂箇中道理吧！」

仔細想想，他當時這番話還挺失禮的。前世的我再怎麼強，也不至於強得那麼誇張……

瑠璃藉著現有的各種消息推測敵方約有多少兵力。

「從玄軍布陣的規模來看，大約有十五萬人。『白鬼』會親自擔任總指揮，大軍當中還有眾多身手高強的武將……而且應該所有騎兵都是精銳。」

即使有派部分兵力去防守他們攻下的「白鳳城」，依然能夠召集如此龐大的兵力進攻敵國。分散敵軍、集中己方兵力。

……說不定連老爹必須暫時離開敬陽，也是阿岱暗中搞的鬼。

阿岱韃靼是個行事謹慎至極的男人。

瑠璃的手指劃向敬陽西方。

「西冬軍在幾次交戰過後失去不少騎兵，目前沒有任何打算再次採取迂迴戰術的跡象。但要是他們不顧一切地攻進敬陽——」

「我們就得留下兩萬兵力守城。」

負責助攻的西冬軍明天絕對會強行攻進敬陽。

也就是說，假如去除傷兵，我們只有三萬兵力能夠打城外戰。

「然而，我們把所有兵力全用來守城也沒意義……畢竟不會有援軍。這是剛才送來的信。」

金髮綠眼的軍師把一張紙條放到桌上。是明鈴的字跡，看起來相當僵硬。

「據說宮中主張支援敬陽與防守臨京的兩派人馬已整整好幾天爭執不休，僅僅是為吵而吵。我把西冬嘗試開發的那個東西送過去了。瑠璃姑娘……拜託一定要救救隻影大人和白玲姑娘。」

……糟透了。

我相信老宰相是主張支援敬陽，但怎麼會有人在這種時候主張防守都城？

白玲不安地抓著我的袖子，老爹則是握緊了拳頭。

「我不打算打守城戰。而且也殲滅了闖進大河下游的敵軍，不必擔心東方會有敵人來犯。」

張泰嵐順口提及不久前才立下的戰功，語氣十分肯定。

「事已至此──我們明天唯一能做的，也就只有殺進敵軍大本營了吧？反正敵方兵力如此龐大，必定會有無法掌控的破綻。畢竟阿岱終究是人……不是神。」

真正可怕的，果然是「張護國」。

他打算直搗我們唯一的勝算──也就是殺死敵方總帥玄國皇帝阿岱韃靼。

我和白玲同時開口：

「我很樂意奉陪。」「爹，請您允許我和隻影一同上陣！」

「…………抱歉。」「「唔！」」

老爹毫不遲疑地向我們低頭道歉，不顧庭破與和杜因此大吃一驚。

想必就是有如此器量的人，才能夠成為威震八方的武將。

「我有計策。」

瑠璃以沉重語氣道出的這段話，讓所有人的目光全集中在她身上。

手上飄出黑色花朵的仙娘低頭自嘲：
「……抱歉，我說錯了。這根本不算什麼計策。只是一些小手段罷了。但我認為會比直接闖進敵陣更有勝算。」

我們一商討完明天這場決戰，老爹與庭破便快步走到房外。
瑠璃則是已經進入夢鄉，或許是剛才過度用腦所致。我在目送和杜揹著她離開後——轉頭看向唯一尚未離開的白玲。
「好了，妳也該回房——」「今晚！」
她打斷我的話，將頭抵在我胸前。
可以感覺到她的身體正在顫抖。
「……今晚我想和你一起睡。不行……嗎……？」
我在謹慎思考過後，輕撫她的背說道：
「真拿妳沒辦法。妳可別對我亂來喔。」
「才、才不會！……真是的！」
白玲鼓著臉頰躺上床鋪，開心笑道：
「我剛才說錯了——不是只有『今晚』，『明天』我也想和你一起睡。」

「我知道。事到如今，我也不會再多說些什麼了啦。」

我從櫃子裡拿出被子，蓋在銀髮姑娘身上，並替她解開紅色髮繩。

接著看向倚放在床旁的那對雙劍。

「『黑星』和『白星』——必須要兩把湊在一起，才能稱之為『天劍』。我們兩個就一起讓那個自以為能打勝仗的『白鬼』吃點苦頭吧。我會當妳的後盾，妳大可放心。」

「——那麼……」

白玲起身牽起我的右手，閉上雙眼，彷彿是在祈禱。

「我絕對不會讓你戰死沙場。我保證。」

「我也不打算讓妳戰死啦。」

「……你、你應該要覺得難為情才對啊！討厭！」

＊

「老爹！」「爹！」

隔天清晨，敬陽北方郊外。

我和白玲一同呼喚榮帝國最強的武將。他待在準備好出征的三萬張家軍最前頭，凝視著在晨霧當中前行的敵軍。手上那把青龍偃月刀閃過一道刀光。

「哦——你們來啦。說服瑠璃姑娘了嗎？」

「嗯，勉強說服她了。」

「但她鬧彆扭鬧得很厲害，幸好有和杜姑娘幫忙安撫。我們也有派朝霞擔任她的護衛。」

我跟白玲輪流回答頭也不回的老爹。

我們耗費不少力氣，才終於說服瑠璃……以及朝霞。

我拿出瑠璃硬塞過來，要我活著帶回去還給她的望遠鏡，觀察起最前排的敵軍。

——敵軍前陣舉著「金狼」和「銀狼」的軍旗。

若按照瑠璃的計策，我們應該很快又會再次交手。

我將望遠鏡收進懷裡，聳了聳肩。

「那傢伙不像史書裡那些只會躲在後頭的軍師，不只會騎馬，甚至還會弓術。其實我滿希望她能夠來這邊的戰場指揮張家軍的。」

「如果我們的猜測沒錯，西冬軍應該會有動靜。敬陽會需要瑠璃姑娘留守。」

「嗯……庭破呢？」

「那傢伙反倒更難說服。」

個性耿直的庭破平時不會違背我和白玲的命令，這次卻遲遲不肯答應……或許是因為他對禮嚴之死感到萬分自責所致。

畢竟今天這場仗是與「玄國」之間的決戰。我非常能夠理解他的心情。

我嘆了口氣，環望戰場。

我軍左翼後面——唯一的小山丘上可見幾座我們從戰場帶回來的投石器，以及張家的軍旗。那是在昨晚完成布陣，而今天會由我和白玲親自率領的三千士兵。

敵軍或許會因為他們格外突兀，認為是顯而易見的圈套。

……希望他們真能這麼想。

風吹動了青草，緩緩吹散晨霧。敵軍數量非常驚人。

鬥志使我不禁顫抖，握緊了「黑星」的劍柄。

「但是老爹、白玲跟我都得出征，就必須有人留守敬陽。瑠璃雖然深受士兵們信任，卻也才加入張家軍不久。所以還是得有人負責指揮。」

「……說來也是對他很過意不去。」

藍眼姑娘壓著隨風飄逸的銀髮，語帶沉痛。

仇人近在眼前，卻受命留守城內。

——這對他來說是非常艱難的決定。

「我知道命令他留守很殘酷，可是也沒有其他辦法了。而且庭破是活過好幾次血戰的強將，若成功度過此次難關，勢必能夠訓練出綜觀全局的能耐——我派斥候去探查過敵情了。你們先看看這個。」

「「是！」」

我在接過老爹遞出的紙條後立刻攤開，與白玲一同看向上頭的情報。

紙上簡單明瞭地畫出了敵方如何安排兵力。

最前頭果然是「金狼」與「銀狼」兄弟率領的騎兵精銳。

後頭有許多英勇強將。

阿岱所在的本營位於最後方，由「黑狼」負責鎮守。

「黑狼」恐怕就是玄國軍最強的勇士「黑刃」義先。看來他升官了。

我們要殺死「白鬼」，就得設法突破「金狼」、「銀狼」、無數強將、十五萬以上的大軍，以及那個人形怪物。

我在看完紙條後，吐出發自內心的讚嘆。

「啊～！真是太壯觀了。」

「……隻影，你怎麼還有閒工夫稱讚敵人？」

身旁的白玲用手肘頂了我一下。我摺起紙條，收進懷裡。

「本來就很壯觀啊。如果老爹麾下有十五萬大軍，我老早就去找個小城鎮當文官了。」

「……我現在沒心情聽你開玩笑。」

她絲毫不掩飾內心不悅，將頭撇向一旁。

白玲是張家的麒麟兒，也是這世上最擅長聽懂我話中之意的人。

銀髮藍眼的姑娘挺直身子。

「爹，恕我直言。我認為這場仗……即使有瑠璃姑娘的計策，也是勝算渺茫。請您留在本營指揮張家軍！我和隻影一定會殺死『白鬼』！」

看來我是非去不可。反正她不希望我去，我一樣會跟著去，當然也不會讓她死在敵陣之中。

老爹忽然轉身——

「……白玲。」

「咦？」「唔！」

並抱住了自己的愛女。在後頭看著我們的士兵們也略顯驚訝。

老爹不顧眾人訝異，用他巨大的掌心撫摸白玲的頭。

「我一直覺得妳還是個孩子，但看來妳也在不知不覺間長大了……呵呵呵，也難怪我的頭髮與鬍鬚都變白了。」

「爹……」

一肩扛起「榮國」命運的武將收回他的手，露出笑容。

「我很高興妳願意自告奮勇。不過——我們還是得照原本說好的來。妳知道是為什麼吧？」

「…………知道。」

白玲臉色一沉，將臉埋在我的胸前。淚水沾濕了我的軍袍。

我們有計策。瑠璃絞盡腦汁想出的能夠起死回生的妙計。

然而單憑我和白玲，並不足以掌握那微乎其微的勝算。

——黎明將至。

我摟住白玲的肩膀說道：

「張泰嵐將軍，士兵們在等待您的鼓舞。」

「——……嗯。」

榮帝國名將坐上巨馬，轉身面向三萬張家軍。

「各位！感謝你們願意挺身奮戰！我乃張泰嵐！」

「喔喔喔喔喔喔喔喔喔喔喔！！！！」

我方震耳欲聾的歡呼，使得敵軍更是動作頻頻。

老爹輕拂他的美髯，苦笑道：
「我想了一整晚……卻仍然想不到該在這種時候向你們說什麼。或許就是因為這樣，我才會被都城那些文人笑說武官都是傻子。」
各個將領和士兵們原本殺氣騰騰的神情柔和了許多。
老爹明明沒有大聲嘶吼，聲音聽起來卻是莫名響亮。這說不定是他身經百戰使然。
他的臉色頓時嚴肅起來。
「而傻子——自然不擅長說謊。我軍處於相當艱難的劣勢。」
「…………」
老爹在一片靜默之中駕馬轉向敵軍，舉起右手的青龍偃月刀。
「率領敵軍的是玄國皇帝『白鬼』阿岱韃靼。打頭陣的是實力高強的『金狼』與『銀狼』兄弟，後頭還有多如繁星的英勇武將與智將。兵力之差極為懸殊……至於我方——」
回頭看著張家軍的老爹臉上滿是疲勞與無奈。這也難怪。
因為老爹一直以來……面對的都不只是眼前的那些狼，還有後頭那些不願面對現實，只顧享樂的高官。
老爹重新戴好頭盔，深深感嘆道：
「我們兵力甚少，接連不斷的戰鬥也帶來不少疲勞。勝算可說是微乎其微。」

「……………」

眾人陷入極為沉重的沉默。某些將領和士兵臉上充滿對讓主子落入如此窘境的人的憤怒。

張家軍這七年來戰無不勝。

然而，這次卻是每況愈下。

「不過呢，我們絕不能輕易放棄……絕不！」

老爹激動地捶打胸甲。他配在腰上原本屬於禮嚴的短刀，也隨之發出聲響。

「如今我們失去『白鳳城』，失去了老禮嚴與眾多老兵！都城那些高官尸位素餐，若我們不奮力抵抗，今天就會連敬陽都落入玄國手中。屆時……榮帝國亦會在轉瞬間化為烏有…………」

「老爹……」「爹……」「…………唔！」

被譽為榮國守護神「護國神將」的張泰嵐臉上流下一滴淚水。

他的聲音聽得出顫抖，手上短刀被緊握得發出吱嘎聲響。

「我們長年主張『北伐』，卻落得這步田地……全是因我力有未逮……實在慚愧……真是太沒出息了……但現在也只能盼望你們有能耐以寡敵眾。」

不對，這不是老爹的錯。有錯的明明就是……！此時，遠處亮起一道光芒。

黎明時分來臨。

張泰嵐在朝陽之下高舉右手的青龍偃月刀，發出如虎咆嘯。

「此戰攸關『榮國』生死！抱歉……需要你們陪我一同奮戰！」

「張將軍萬歲！張家軍萬歲！榮帝國萬萬歲！我等願誓死奪下勝利！！！！！！」

將領和士兵們也各自高舉武器或拳頭，吆喝不已。

我輕拍在懷裡哭成淚人兒的白玲的背，對彼此點點頭。

——該出發了。我們的一舉一動攸關勝負。

老爹在將張家軍士氣提振至極過後，發自內心笑道：

「隻影、白玲——我們來比比看誰先拿下阿岱的項上人頭吧。屆時莫怪我搶先一步。我們等會兒在敵軍本營見！」

「「是！」」

「明知屈居劣勢，卻仍然率兵至城外征戰，鼓舞士氣。有趣。」

*

我——玄帝國皇帝阿岱韃靼坐在敬陽北方本營的皇座上，聆聽張家軍那陣悅耳的嘶吼，如此自語。附近畫著「狼」、「龍」與「老桃」的巨大軍旗不斷隨風飄揚。

我身後的「黑狼」義先也以銳利眼光瞪視敵軍。

我們藉「高人」的預測得知出現晨霧的時機，並將投石器置於木筏上，趁起霧時奇襲敵軍，成功攻陷了難以攻破的「白鳳城」。

如今眼前有以騎兵為主的十五萬大軍。

然而依據來自各方的情報，可知張家軍只有約三萬兵力。我用計促使西冬軍進攻敬陽西方，導致他們得再將寡兵一分為二。

因此——即使「鬼禮嚴」致使我方部分傷兵無法上陣，還得留下些許兵力鎮守「白鳳城」，敵我雙方的兵力差距仍有五倍之多。

雖然派去大河下游的第二軍遭到身手矯健的張泰嵐殲滅，卻也「成功達成」我意圖威脅「臨京」那群蠢貨的目的。

偽帝一旦深陷恐懼，便不會理會榮國老宰相楊文祥的勸告。

——他們不會有任何援軍。若選擇守城，自然是必敗無疑。

我其實不太希望與張泰嵐在城外戰正面交鋒……但當作是替那位聞名遐邇的武將致上最後的敬意，倒也不壞。

我一手托腮，暗自竊笑。這時，一名背上插著「金狼旗」的年輕騎兵奔進了本營。

「前陣緊急傳令！」

「喂！皇上面前不得無禮！還不快下馬——」

「戰場上無需多禮。你直說吧。」

我制止打算斥責傳令的老元帥，命傳令直言來意。

——這不過是刻意作戲，讓諸位將領們能夠服氣罷了。老大爺至今仍會處處呵護我，其實也是挺傷腦筋的。

我輕瞥老元帥，向他道謝，隨即舉起左手要年輕騎兵繼續說下去。

「『西南方山丘約有三千敵軍！尚未發現張泰嵐率領的軍隊！』——先告辭了！」

臉頰通紅的傳令說完，便立刻返回繼續進行任務。

我摸著自己柔順如絹的臉頰，陷入深思。長長白髮劃過眼前。

「不見張泰嵐的身影——我是不認為他會躲在本營裡……」

功名蓋世的武將往往不會輕言放棄。

皇英峰也是如此，且數次以他那對「天劍」成功化解了危機。

張泰嵐這般男子漢，不可能會躲在大軍後頭發號施令。

……是否該等到找出他的所在，再發動攻勢？

這時，老元帥忽然交碰雙拳喊道：

「皇上！恕屬下冒昧，我軍人數眾多，敵方寡兵根本不足為懼！何須煩惱！請您立刻下令進攻——請您勿忘『以闊如草原的大軍踐踏一切』，才是我們自古以來的戰法！」

他似乎看出了我的迷惘。我的老毛病就是容易太過慎重。

我刻意顯露笑靨。

「呵……看來還是你老人家見多識廣啊。」

「畢竟屬下自上上一代皇帝在位時，便已身在戰場。」

我拔出短劍下令：

「吹響號角！命令先鋒『金狼』與『銀狼』立刻進攻！本營只需要老元帥、義先、『黑槍騎兵』、傳令與偵察兵留守便足矣。去吧！」

「遵命！！！！！」「「…………」」

將領們意氣風發地衝出本營。偶爾卸下拴著野狼的鎖鏈，反倒更能激發他們的鬥志。

仍被拴著的魁梧黑髮男子與老元帥眼神依舊銳利。

我猜出義先的想法，收起短劍說道：

「義先，你似乎很在意張泰嵐的兒子嘛？」

「……不，屬下豈敢──」

「無妨。若戰況嚴峻，或許會需要借助你和『黑槍騎兵』的力量──」

「傳、傳令！噫！」

一名年輕到甚至應以年幼形容，且背後插著與方才不同旗幟的騎兵衝進本營。

負責守衛的「黑槍騎兵」立刻對他架起長槍。不愧是義先親自挑選的精兵，絲毫不鬆懈。

「……說吧。」義先簡短催促年幼騎兵。

「遵、遵命！」

傳令在冷靜下來後迅速講明來意，隨即一溜煙地衝出本營。

「…………」

我難得愣得啞口無言，甚至不禁搗起嘴巴。

真沒想到……竟然趕得及從北方回來。

「──……哼哼哼。」

「嗯？」「皇上，您怎麼了？」

義先皺起單邊眉毛，老元帥則是直接提問。

我一邊豎耳聆聽號角聲來自哪一支軍隊，一邊揮動左手。

這副有如柔弱女子的身軀雖然無法舞劍，甚至無法駕馬，唯獨聽力是高人一等。

「哦，抱歉。因為我們等同已經拿下了這場仗——唔！」

聽見幾道劃破天空的怪聲。

隨後——最前排的騎兵忽然伴隨大火飛上天空，一道彷彿轟天雷鳴的巨響撼動了整座戰場。

看來是小山丘上的敵軍用上了投石器。

我瞇細雙眼，老元帥也加強戒備，義先則是搶先看出敵人使用了什麼武器。

「哦。」「唔！」「……火藥。」

榮軍從來沒用過那種武器。

原來他們也有人注意到西冬的技術。

「那是『西冬』暗中開發的奇怪武器之一，會在陶器裡塞入火藥，再扔向敵人……記得是叫做『震天雷』吧?竟然想得到用投石器來投擲，還真聰明。」

燕京有群西冬的工匠正在研究運用到火藥的武器。沒想到繼火槍之後，又被榮帝國搶先了。

我對老元帥下令：

「派傳令叫前陣士兵別驚慌，並繼續遵守戰前下達的命令，不需要多加理會山丘上的敵人。他們只是誘餌，應該也無法立刻發射第二次。我們的首要目標是找出張泰嵐，他勢必會藉著引發我軍混亂，直衝本營——……下令全軍進攻的號角聲？」

我靈敏的耳朵清楚聽見了不該響起的聲音。

敵我雙方共十幾萬士兵踩踏出不同於火藥的煙塵，使得我們眼前一片朦朧。

老大爺大聲向在高梯上觀察戰況的士兵們問道：

「發生什麼事了？」

「『銀槍騎兵』正朝著山丘上的敵軍進攻！」「『金槍騎兵』似乎也打算隨行！」

「什麼！」

……無比忠誠的茲索兄弟竟然違背我的命令？

這表示那附近有逼得他們不得不率先殲滅的強敵。

義先高聲叫喊：

「在山丘上的敵方武將是誰？」

「山丘距離稍遠，加上塵土飛揚，無法看清敵軍……但能夠看見敵軍前陣有一名騎著白馬的『銀髮』武將！旁邊還有一名騎著黑馬的武將！」

「……了解了。」「……唔！」

偵察兵的回答令義先與數名「黑槍騎兵」難掩訝異……這樣啊。

我伸手摸著下巴。

「招致災禍的銀髮藍眼之女……所以茲索兄弟是認為張泰嵐那對殺死阮古頤和叟祿的兒女足以威脅我軍先鋒啊。老大爺。」

「屬下這就到最前線指揮。先告辭了！」

身經百戰的老元帥察覺情況不對，與侍衛一同駕馬離去。

……若他趕得及就好了。

老元帥趕去前線的這段時間，戰況仍然瞬息萬變。

比投石器投擲的震天雷小聲了點的爆炸聲響接連不斷，同時能夠聽見我軍「數度」大喊**「張泰嵐！」**的嘶吼從「不同方向傳來」。

「敵陣傳出不明巨響！前陣的先鋒隊遭到擊潰！」

「山丘上的敵軍似乎企圖反攻『金槍騎兵』與『銀槍騎兵』！」

「敵軍發動總攻擊——怎麼會……先、先鋒隊被從旁夾擊了！！！！」

「…………」

我將手肘置於扶手，托著腮幫子靜待時機來臨。

不久——一道與七年前如出一轍，且實在非比尋常的叫吼傳遍了戰場。

「敵方武將「金狼」與「銀狼」——由我張泰嵐拿下了！！！！！」

「唔！？！！！」

除了義先以外的歷練老兵們發出了無聲哀號。

敵軍的歡呼與我方的哀號相互交融。

我軍士氣明顯減弱，而我則是藉著目前已知的情報，拼湊出答案。

「讓兒女使用醒目的火藥武器，引誘茲索兄弟現身——並在關鍵時刻親手殺死他們，將己方士氣提振至巔峰。而且還用上了派出數名替身的『十影計』，促使我軍陷入混亂。張泰嵐，你還沒放棄掙扎是吧？很好，這才是我欣賞的張泰嵐。」

功名蓋世的武將不會輕言放棄，甚至不惜不擇手段。

敵軍鬥志相當高昂，看來我軍勢必得經歷一場苦戰。

此時，一名戴著狐狸面具的女子駕著紅馬前來本營。

我制止想拔出背後巨劍的義先，以及試圖對她舉起長槍的士兵們。

「是蓮派來的傳令嗎？」

「請您收下這份書簡。上頭寫著臨京三天前發生的事情。」

女子沒有報上名號，並在將書簡遞交給我後，立刻駕馬返回戰場。
這位傳令和她的主子一樣冷淡，然而一般快馬從臨京趕來這裡也得耗費五天，她卻只耗了短短三天，騎術實在了得。
看向手上這份書簡。
——……這樣啊。
我沒有放下書簡，而是直接倚靠著椅背。
「……徐家長子、楊文祥，你們真是可悲啊……」
但最可悲的，想必就是張泰嵐了。
梯子上的偵察兵接連喊出不利於我方的消息。
「前陣士兵死傷使中陣陷入混亂！」「擺著投石器的山丘上有零星攻勢！推測是敵軍的『火槍』。」「敵軍持續猛烈進攻！」「無法看見張泰嵐身影！銀髮女將軍正率隊衝往我方本營！」
軍事浩大的缺點之一，正是混亂一旦遍布全軍，就得花費不少時間才能穩定軍心。
張泰嵐打算將一切賭在這段破綻上。
賭上自己與自己所愛之人，以及張家軍的性命——甚至是「榮國」的命運。

我指著自己的脖子，對左臉上有道深深傷疤的魁梧黑髮男子下令：

「義先，張泰嵐會在不久後抵達此處。命你前往迎擊——取下他的首級。你應該也知道，我不諳馬術與劍術。可不能在這場『必勝無疑』的仗丟掉我這顆頭，丟失天下統一的良機。」

「——遵命。」

＊

我騎著愛馬衝鋒陷陣，對已經數不清是第幾個人的敵方騎兵射出箭矢，突破敵軍的阻撓——忽然，視野變得寬闊許多。

雖然敵我雙方共十數萬人的死鬥使得戰場混亂至極，但至少目前身邊沒有敵軍。

我察覺敵軍攻勢暫緩，便對與我並駕其驅的銀髮姑娘大喊：

「白玲，右邊山丘！」「好！」

我們率隊直直前往小山丘，下令士兵們暫時歇息。我環望周遭。

人數銳減，且疲累不堪的士兵們拿出水壺，或用布包紮傷口。

離開我身邊的白玲也忙著對老兵下令，並慰勞他們。她果然有當將軍的器量。

明鈴送來的奇特武器——把火藥塞進陶器裡扔擲的「震天雷」，似乎讓敵方先鋒「金狼」與

「銀狼」感到格外棘手——

「先利用投石器吸引注意力，你跟白玲再一起引誘敵方前陣的兩名將軍。之後由張將軍殺死他們，致使敵軍陷入混亂。」

瑠璃這份賭注非常成功。

敵軍不僅失去主將「金狼」與「銀狼」，還遭到老爹親自率領張家最強精銳追擊，使得敵軍前陣瓦解，中後陣也陷入嚴重混亂。

——這也導致……

「張泰嵐！」「不對，那個也是冒牌貨！」「他到底在哪裡！」

瑠璃的第二個計策——**「將主隊一分為十，並在每一小隊安排張泰嵐的替身」**的計策，仍在發揮它的奇效。

「先設法讓敵軍陷入驚慌，再趁隙率領全軍進攻本營——很簡單吧？……對不起，單憑我的腦袋，實在想不出其他辦法了。」

金髮綠眼的軍師在我們準備上陣前流著眼淚緊緊擁抱白玲，看起來相當沮喪。

不過，融合奇特的火藥武器與投石器、利用髮色容易吸引敵方注意的白玲作為「誘餌」、安排替身使敵軍散播謠言——

一般人就算能夠想出這些點子，也難以串聯成一種計策。

——若沒有請她來當軍師，我們或許早已窮途末路。

我拿出懷裡的竹水壺，喝了一口水，滋潤身軀。這也稍稍減輕了身體的疲憊。

「好了……接下來該怎麼辦才好呢？」

戰況正愈發改善。

飄揚各處的「張」家軍旗仍散發著強烈鬥志，反倒是敵軍因為打算拚死一搏導致陣形大亂。

然而，縱使張家軍再怎麼強悍，仍然不免受傷與疲勞。

我們離高舉巨大軍旗的敵方本營還有段距離。

從敵我雙方的聲音也聽得出老爹還沒抵達。

……再這樣下去不太妙。

對士兵們下完命令的白玲駕馬來到我身邊，將箭矢放進我的箭筒。

「隻影，這是最後一批箭矢了。你的水壺借我。」

「好。」

我將手上的水壺扔給她。

白玲毫不猶豫地喝起水，我一邊用布替她擦拭臉上塵土，一邊抱怨。

「如果騎兵也能用火槍，或是震天雷就好了。」

「畢竟沒有經過嚴格訓練，連我軍的馬都會被嚇跑。當然還是得下馬才能用。」

「也是啦……」

雖然勉強打得勢均力敵，我們的兵力仍然遠低於敵軍。

若在敵軍中後陣失去「馬」的腳程……我看向腰間的「黑星」。

假如別無他法，我就隻身引開敵人——

「少爺！包在我們身上！」

一道沙啞的大喊硬是將我拉回現實。總覺得白玲似乎在瞪著我，還是別放在心上比較好。

我對聚集到我們面前的老兵們倍感困惑。他們全下馬了。

「你們怎麼不騎馬？而且那不是……」

「我們是受軍師大人所託。」

最前頭的老兵用力擦拭滿是血與汗水的臉。他用布包著左眼，似乎是受傷了。

老兵們手握「竹製火槍」，接連說道：

「我們的馬已經跑不了了。」「我們會留在此地引誘敵軍。」「『白鬼』的本營近在咫尺，兩位若不加緊腳步，可是會惹張將軍生氣的喔。」「換作是禮嚴大人，想必也會做此決定。」

我感到一陣鼻酸，手上的弓被我緊握得發出軋軋聲響。

「不行！我不允許你們——」

「少爺。」

獨眼老兵露出豪邁笑容。其他老兵們眼中也蘊藏著強烈鬥志。

這樣啊……真受不了他們。

我先是短暫閉上雙眼，才開口說：

「……好吧。但是——」「你們都不許死。」

白玲將水壺放進綁在馬身上的皮袋，加入我們的對話。

她拿出布，擦拭我的臉頰。

「你們要是死了，隻影會自責一輩子。他其實是個愛哭鬼……所以你們一定要活著回來。」

「呃！妳、妳啊……」

「我講的都是事實。」

「唔！」

聆聽我們和老兵們這段話的士兵們忍不住發笑，進而讓全隊士兵都笑了出來。

眾人大笑一陣過後，獨眼老兵便對我們行禮，渾身散發著威嚴。

「遵命。我們至少得活著看到兩位成婚。少爺、白玲大人——祝兩位武運昌隆。」

「祝兩位武運昌隆！」

「……祝武運昌隆。」

我在簡短回答後駕馬前行，觀察戰況。

張家軍的旗幟氣勢逐漸減弱。我們沒多少時間了。

我咬緊牙根，吐出內心怒火。他們其實打算赴死。

「……那群蠢蛋……」

「隻影，沒問題的。我也這麼想。」

白玲伸手觸碰我的臉頰。

藍色的雙眸泛著淡淡淚光——她願意和我一同背負這份悲傷。

我恢復鎮定，並感謝白玲的陪伴。

接著先是與白玲四目相交，再回頭看向身後的士兵們。

「大夥們，我們走！我們要拿下『白鬼』！！！！！」

「是！！！！！」

我對眼前的騎兵射出箭矢，在經過他們身旁時以「黑星」斬斷他們的金屬甲冑。

我們身後已不再傳出火槍聲。

……不過——

「隻影！那邊！」

我依循白玲的提醒，看向前方。

並發現張泰嵐正與黑髮黑衣的敵軍武將——「黑刃」義先對決。

青龍偃月刀與巨劍每一次以非比尋常的速度相互碰撞都會敲出猛烈火花，以及迴盪整座戰場的可怕聲響。敵方的黑衣騎兵與我方騎兵似乎想嘗試介入，卻因為兩人的攻勢實在太過猛烈，完全無從插手。

老爹向後退開，用青龍偃月刀指著敵方武將。

「厲害！你叫做義先吧？『玄國最強勇士』的名號果真不假！」

「張泰嵐，不會讓你過我這關的。」

「就試試看吧！」

兩人再次接近彼此，又一次刀劍交鋒。

這場對決正是「榮國」與「玄國」最強武將之戰。

我輕輕一瞥，用眼神向身旁的銀髮姑娘示意——

「老爹！」「爹！」

我們如此大喊，並一邊用弓箭牽制，一邊闖進兩人之間的對決。

「…………」

玄國的可怕怪物面無表情地扭身躲過攻擊，將巨劍扛在肩上。

身後的張泰嵐火冒三丈地大喊：

「隻影、白玲！別來干預我們的——」

「老爹，我們該殺的不是他！」「爹，您快走！」

我們強行打斷了他的話。

若我們沒有殺死阿岱韃靼……就算成功打倒義先，也是徒勞無功。

我聽見老爹倒抽了一口氣——

「唔！……好吧。交給你們了！大夥們，再打完這一仗就結束了！我們走！」

「喔喔喔喔喔！！！！！」

老爹再次率領騎兵精銳進攻本營。

他們與負責防守的黑衣騎兵激烈交鋒，使得附近遍地怒吼與哀號。

「…………」

「別想走！」「我們才是你的對手！」

我和白玲對想駕著巨馬去追老爹的義先射出數支箭矢。撐過無數血戰的士兵們也無情地射出一陣箭雨。

「張隻影，別來礙事！」

他用巨劍砍斷射向他的每一支箭，面目猙獰地筆直衝向我。

我駕馬衝到伸手握住劍柄的銀髮姑娘前面，用「黑星」擋下義先沉重的攻擊，勉強駕開那把巨劍。

「白玲，別和他過招！你們的力氣相差太多，就算劍砍不斷，也會被打斷手！妳用弓箭掩護我就好！」

「唔……好！」

我的青梅竹馬不甘心地咬緊嘴唇，稍稍退往後方。

疑似是副官的敵方老兵揮動指揮棍，與我們率領的張家軍相互廝殺。

這也讓牽制義先的箭矢少了許多。我對他大喊：

「聽說你在西冬讓徐飛鷹吃了不少苦頭！我要你血債血還！」

我命令愛馬加快腳步，在經過他身旁時與彼此交鋒。

他的每一次攻擊都會讓我的手麻痹。這傢伙……真的是人嗎？

義先以巨劍輕鬆擋下白玲射出的箭，瞇細了雙眼。

「……彼此彼此。我也得讓你償還殺死我的主子——『灰狼』叟祿博忒的血債。」

「少說大話了！」

我們再次迅速接近彼此——隨後，一道實在難以相信是人發出的渾厚嘶吼，籠罩了遍地鮮血的戰場。

「我來了！阿岱韃靼！！！！！」

手拿青龍偃月刀的老爹……張泰嵐終於突破了敵軍的最後一道防線，隻身闖入敵方本營。

白玲的箭射向準備回頭追趕的義先。

「不許走！」「喂喂，別忘了我也在啊！」

我砍向第一次顯露焦急的義先，逼他不得不後退。

此時，看見了某個人即使身處如此險境，卻依然坐在皇位上。他的身材有如柔弱女子。

「納命來！！！！！！！！！！！！！！！！！！！！！！！！！！！！！！！」

老爹的青龍偃月刀直朝阿岱那纖瘦的脖子——

「唔！」

一陣突如其來的強風吹倒了附近的巨大軍旗。

一次橫劈砍壞了軍旗，卻沒有砍中皇座上的阿岱。

老爹轉動手中的青龍偃月刀。

接著鞭策愛馬，揮出第二刀——

「唔！？！！！」

極度刺耳的金屬碰撞聲。

老爹使盡全力的一擊，遭到一名騎著白馬衝進本營，且身穿白色軍袍的紫髮女將軍以長槍擋下。在此同時，也接連有其他敵軍趕來，化作保護阿岱的人牆。

事到如今，居然還有援軍？

不知名的敵方女將軍舞動左手——

「咳……」**「張將軍！！！！」**

瞬間血花飛濺，老爹的身體也因此失衡。

渾身是傷的騎兵們拚死闖進敵方本營，立刻帶著老爹離開。

——女將軍露出微笑，左手拿著一支擁有暗沉光澤的小金屬筒。

我訝異得睜大雙眼。

「唔！火槍？不對，那是——」「隻影！！！！」

感覺脖子竄過一股寒意，白玲也在幾乎同一時刻對著我大喊。

義先絲毫不把我方箭矢放在眼裡，直接雙手舉起那把巨劍，伴隨一陣強風朝我揮來——

「呀！」「白玲！」

銀髮姑娘試圖以「白星」架開這一劍，卻反而被打下馬。

——我的身體不由自主地動了起來。

我朝義先扔出短劍，在下馬後舉劍背對著白玲。

「妳在幹什麼啊！傻瓜！」「……但我救了你一命，對吧？」

「快保護少爺和白玲大人！！！！！」

遍體鱗傷的張家軍放棄與敵方騎兵交手，將我們團團包圍，保護我們不受追擊。

「…………」

義先見狀瞇細了雙眼，並退往開始聚集無數騎兵的本營。

……我們錯過了千載難逢的良機！

白玲勾著我的肩膀起身時，忽然有名騎兵跑進了圓圈內。

「老爹！」「爹！」

我不顧身體疼痛，立刻衝上前，卻不禁倒抽一口氣。

被打下馬的老爹甲冑處處是血。尤其右肩有相當大的傷口。

「……你們得要小心，那個女將軍……說不定是一匹新『狼』。你們兩個別露出那種表情，這不過是小傷。隻影、白玲，再一次……我們得再試一次！」

「您傷得太重了！」「快拿乾淨的布來！快！」

張泰嵐將青龍偃月刀插入地面，藉此撐起受了重傷的身軀，連鬍子也因而沾上鮮血。

他沉痛的眼神令人不忍直視。

「只差一點……只差一點就能殺了那傢伙——……殺了阿岱韃靼！若不趁現在殺死那傢伙，敬陽……！還有榮帝國就……！來，我們走！」

「老爹！」「爹！」

我和白玲一同扶著老爹，內心無比糾葛。

我軍士氣非常高昂。確實還有餘力再次進攻吧。

只是那樣一來……老爹一定會命喪於此！

我聽見敵軍本營傳來一段彷彿歌唱的哀嘆。

「哀哉、哀哉！張泰嵐、張泰嵐啊！你是榮帝國數一數二的強將，也確實值得讚賞！若『鳳翼』與『虎牙』沒有戰死蘭陽，若你的兵力能再多一萬人，若剛才軍旗沒有倒下，若『白狼』沒有趕上，你說不定早已砍下我的人頭，拿下勝利。然而……上天似乎是選擇站在我們這一邊。」

難不成他就是「白鬼」嗎？

白玲緊緊握住我的左手。

「而且——你終究還是一如我的預料，只差這麼臨門一腳。你果然不及『皇英峰』。」

「「唔！」」

他的語氣從推測轉為肯定。這番話冰冷得令我毛骨悚然。

蘭陽之戰的敵軍軍師擅長利用「王英風」的計策……我凝視著受到十幾二十層人牆保護的敵軍本營。

玄帝國皇帝「白鬼」阿岱韃靼向張泰嵐道別。

「永別了、永別了！我的勁敵。你就在此壯烈犧牲，了結你的一世英名吧——……」

忽然，我似乎瞥見敵陣內有一名身材纖瘦的白髮鬼，甚至與其對上了眼。

但對方隨即消失在大批敵軍騎兵之中。

——兩軍持續對峙，場上瀰漫著一股詭異靜默。

不久，敵陣傳出號角聲。

敵軍開始井然有序地朝著北方撤退。

「居然撤退了？他們在想什麼……」「隻影……我們也先撤退吧。」

白玲敦促愣在原地的我。

但我還來不及回答，老爹就推開我們。包在他右肩上的布已經沾滿鮮血。

「你們還在做什麼！這可是空前絕後的大好機會，我們得殺死『白鬼』！現在……我們只能趁現在動手！得賭上性命拯救榮帝國，拯救我們的祖國——唔、呃……」

「爹！」「老爹！」「張將軍！！！！」

我們和張家軍的士兵們大聲驚呼，前去攙扶倒下的老爹。

我們一見他緊閉雙眼，氣喘吁吁地趴在地上，便立刻向士兵們下令：

「我們也先暫時撤退！」「這場仗還沒結束，別拋下傷兵！」

「遵命！張隻影大人！張白玲大人！」

第四章

「嗯～或許再多載點糧食比較好？隻影大人他們應該都在敬陽城內防守『西冬』軍的攻勢，而且我也不想看白玲姑娘跟瑠璃抱怨送去的量太少……就這麼辦～！春燕，可以幫我把這份文書送過去嗎？」

榮帝國首府「臨京」，王家大宅內的某間房內。

王明鈴大小姐正坐在豪華的椅子上思考該用船載哪些貨物去敬陽。她將一份文書遞給來自異國的黑短髮姑娘。

長相成熟的春燕姑娘站起身，以雙手接過文書。看來她也已穿習慣我——大小姐的隨從——靜挑選的淡綠色衣裳了。

「遵命，明鈴大小姐。要順道幫您泡碗茶嗎？」

「我想喝～」

已經把毛筆放上硯台，看起另一份文書的明鈴大小姐非常有活力地舉起雙手。這個舉動令她那兩條栗褐色的小馬尾擺動起來，也更加強調了胸前的雙峰……真不甘心。

「「……」」

我跟春燕姑娘暗自咬緊了嘴唇。為什麼大小姐明明沒有長高，卻只有胸部長得特別好？瑠璃姑娘曾懷疑大小姐是中了某種邪術。太教人嫉妒了。

明鈴大小姐沒有察覺我們的嫉妒，而是以不客氣的語氣對在一旁待命的黑短髮少年說：

「空燕，我肚子餓了～去買饅頭給我吃！之前有帶你去一個小男孩開的店吧？我要吃那裡的饅頭～趁現在還沒下雨，趕快去買吧！會多付你跑腿費的☆」

春燕姑娘的雙胞胎弟弟嚇得顫抖了一下。腰上的短劍也隨之晃動。

他指著自己年幼的臉龐，讓淡藍色的長袖滑向了他的手肘，並戰戰兢兢地提問：

「呃，請問……我得一個人……去買嗎？」

我們已經帶隻影大人與白玲姑娘託我們照顧的，這對自稱十三歲的姊弟看過臨京一些較重要的地點了。不過……

明鈴大小姐笑著點了點頭。

「那當然♪你別擔心！都城的治安雖然沒有敬陽好，但也不算差！」

「呃，可是……」

支支吾吾的空燕顯然一臉不知所措，用眼神向他的姊姊和我求助。

臨京是足以匹敵玄帝國首府「燕京」的大城，即使他曾經跟著我們走過一遍，自己一個人也一定還是會感到不安。

「明鈴大小姐。」

「啊～！還、是、說～你想要春燕姊姊陪你去嗎？呵呵呵……真可愛～♪」

大小姐搶在我開口幫他之前，先察覺到他不放心自己一個人出門。

明鈴大小姐用雙手托著腮幫子，神情明顯樂不可支。雙腳也不斷擺動。

嬌小的少年臉頰逐漸變紅——

「～～唔！我、我這就去買！」

空燕隨即迅如脫兔地跑到房外。途中還不小心碰碎了火盆裡的木炭，讓他的姊姊忍不住伸手扶額，仰望天花板。

「啊～！空燕，你沒拿錢包！」

「春燕姑娘，帶上這個吧。」

明鈴大小姐連忙從抽屜裡拿出錢包，再由我扔給那位來自異國的姑娘。

她用雙手接住錢包，並向我們深深鞠躬。

「我弟弟給兩位添麻煩了！那個……我很擔心他，不知道大小姐能不能准許我陪他去呢？」

我跟明鈴大小姐相互對望，頓時倍感溫馨。

春燕姑娘就如同隻影大人和白玲大小姐所說，是個非常體貼的孩子。

「沒問題～♪」「妳順便帶把傘，以防萬一。」

「謝謝兩位的慷慨！」

春燕姑娘一聽我們這麼說，便快步跑出房外。

「空燕，錢包～！」走廊上傳來絲毫不會拘謹的純真叫喊。姊弟倆感情好是好事。

我拿起茶壺，往茶碗裡倒茶，再遞給明鈴大小姐。

「我認為您這樣調侃空燕有些太過火了。」

「會嗎？」

年輕的麒麟兒用手指戳著臉頰，疑惑問道。

大小姐這副模樣的確非常可愛……眼神卻像是調皮的小孩。

我沒來由地想捉弄明鈴大小姐，便伸手戳了戳她柔嫩的臉頰。

「阿、阿靜～妳不要戳我啦……是因為他們兩個都太拘謹了啊～妳應該也很希望他們早點對我們敞開心房吧？」

我從懷裡拿出梳子，梳理大小姐那頭有些凌亂的栗褐色頭髮。

「他們已經對我敞開心房了。我們三個經常會在晚上看守時聊天。」

「什麼！妳、妳該不會……背、背叛我了吧！阿、阿靜！？！」

明鈴大小姐不斷揮舞雙手與雙腳，吃驚得瞪大了眼睛。

我提醒她這樣搖頭晃腦會很不好梳理。

「別亂動！他們說大小姐自從回到臨京就從早到晚都在處理工作的模樣很令人敬畏，就好像在戰場上的隻影大人。」

「唔唔唔……這、這是事實，我沒辦法否定～！可是我就是沒辦法放下工作啊～！還有，說我跟隻影大人很像也是有點高興啦～～～！」

明鈴大小姐就這麼乖乖讓我梳理，只是嘴上依然不斷哀號。

忽然——室內變暗許多。看來太陽完全西沉了。

雖然還有點早，我仍然前去點燃牆上的蠟燭。

「那個，阿靜……敬陽那邊有傳來什麼新消息嗎？」

大小姐語帶不安地問道。

我走回她身旁，接著單膝跪地，握起大小姐的雙手……她的手好冰。

「很遺憾，自從先前聽說『部分張家軍離開敬陽，前往殲滅成功渡河的少數玄國軍』以後，就沒再傳來新的消息了。」

「…………這樣啊。」

大小姐低下頭，肩膀顫抖了起來。

她的雙眼滿是氣憤與疑惑，以及——焦躁與強烈的不安。

「我不懂軍略，跟瑠璃下棋也從沒贏過……但連我都覺得都城那些成天在做無謂爭執的高官們，使喚在最前線抵禦外敵的大將軍去殲滅其他地方的敵軍很奇怪了。而且本來以為都城應該也會派出軍隊，卻完全沒有動靜……他們不派援軍去敬陽沒問題嗎？」

「明鈴大小姐。」

我再次握住她的雙手，與她四目相交。

這種時候不安慰主子，又怎麼算是個好隨從呢？

「您不用擔心！白玲姑娘和瑠璃姑娘都擁有過人天賦，縱使西冬軍有人數優勢，也不一定能攻破固若金湯的敬陽。他們一定撐得過這次難關。」

「…………阿靜。」

大小姐的雙眸泛著淚光，隨時有可能落下大粒淚珠。

我拿起白布擦拭她的眼角，斷言：

「而且！即使『張護國』大人得聽從都城高官的命令離開敬陽，也還有隻影大人留守。尤其我在來到臨京之前的漫長旅途之中，也幾乎從未見過武藝如此高強的人，所以您大可放心。」

由張家撫養長大的隻影大人——

是明鈴大小姐的心上人，更是從水賊手中救回大小姐的救命恩人。

他不只打倒了玄國數一數二的強將「赤狼」，甚至在西冬那次對榮帝國來說簡直是場惡夢的慘敗當中成功率領軍隊脫離絕境，更在苦嘗敗仗的低迷士氣當中殺死了另一名強將「灰狼」。張隻影大人年紀輕輕，就已是榮帝國的英雄。想必他一定能夠打遍天下無敵手！

「——……哼哼。」

明鈴大小姐忽然發出了怪聲。

臉上已不見剛才的不安。她挺起在嬌小的身軀上顯得突兀的豐滿雙峰說道：

「那當然！他可是我的丈夫！而且還成功拔出了『天劍』！」

隻影大人說那對天劍分別叫做「黑星」與「白星」。

兩把劍合稱「雙星天劍」，也是千年來無人拔得出鞘的傳說寶劍。然而，隻影大人卻能夠運用自如。

——簡直就像古代英傑皇英峰。

我想起先前在敬陽看過隻影大人與白玲姑娘華麗無比的劍舞。

「白玲姑娘也拔出了其中一把劍。我還記得劍身非常漂亮。」

「唔唔！」

明鈴大小姐彷彿遭到天打雷劈，並搗著她豐滿的胸部。

最後躺倒在我的腿上，出言抱怨。

「……嗚嗚嗚……阿靜，妳太過分了……居然不站在我這一邊嗎？」

「您的阿靜無時無刻都會站在您這一邊……但是——」

「……怎麼樣？」

我年輕的主子坐起身，一臉狐疑。

我想起已經滅亡的故國曾有類似的例子，苦笑道：

「白玲姑娘身手也非常了得。而且我的故國與榮帝國，甚至是周邊各國都有好幾名女英雄。而且我實在不認為白玲姑娘會乖乖退讓……何況隻影大人也很好說話。」

「……妳太壞心了……」

明鈴大小姐再次躺上我的大腿。

我的主子天資聰穎，照理說應該不會想不到這一點……但或許是想獨占心上人的複雜心思在作祟吧。

大小姐鼓起了臉頰。我不禁竊笑，伸手撫摸她小小的頭。

「我開玩笑的。」

「妳真的很壞耶！」

「「——噗！」」

我們同時笑了出來。

啊……如今的我是何等幸福！

我在距離故國相當遙遠的這片土地，找回了失去的笑容。

若當年那個雖然還很年幼，卻因為城池遭到仇敵攻陷，只能獨自逃難的我知道了，不曉得會作何感想？

正沉浸於懷念的過往時，大小姐忽然坐起身子。

「爹也曾對這件事感到有些憂心。說：『隻影確實是位英傑……但妳要是與他太過親暱，說不定就得離開王家。妳若離開王家，我們王家就會斷後喔。』儘管娘也笑爹太過操心了。我其實是不介意改叫『張明鈴』啦～反正只要能陪伴在隻影大人身旁就好！」

「我能理解您的想法。」

我如此附和大小姐，內心卻湧現一股恐懼。

大小姐的父親擔心她與「張家」相處得太過融洽。

進攻西冬失利，使得能對抗大河北方「玄國」的兵力大幅減少，也令張家軍精銳更顯珍貴。

「假如張泰嵐沒有成功打退外敵，『榮國』就會遭到併吞。」——

王仁大人在這樣的情況下，選擇婉轉勸阻愛女留在臨京。

這代表王仁大人認為老宰相楊文祥與「護國神將」張泰嵐沒有多少勝算。

原因在於——「榮帝國的腐敗與醜陋的宮廷權鬥」。

我想起過去發生於故國的悲劇，握緊了短刀的刀柄。

試圖保護我的武士們遭到敵方刺客的可怕祕術摧毀甲冑，接連癱倒在地——當年的情景掠過了腦海。

「……看來即使是不同國家，面臨亡國命運時會發生的事情也是大同小異。」

「嗯？阿靜，妳剛剛有說什麼嗎～？？」

明鈴大小姐看向我的臉。

我甩開觸霉頭的想法，搖搖頭回答：

「——不，我沒說什麼。啊，外頭開始下雨了。」

大粒雨珠逐漸沾濕圓窗外的地面。

不曉得春燕姑娘和空燕有沒有帶傘出門？

「唔～雨下這麼大，明天搞不好很難出船……」我看見明鈴大小姐的神情垮了下來。這時，屋外忽然傳來吵鬧聲響。

「讓開！讓開、讓開！不想被撞就給我閃遠點！」

殺氣騰騰的吆喝聲，以及在雨中狂奔的馬蹄聲。

……我記得臨京城內規定不能騎馬才對。

大小姐不曉得是不是覺得有點冷，披上了一件外衣，並雙手環胸說道：

「是發生什麼事了嗎？」

「我等等就幫您調查。」

「欸嘿嘿～阿靜，最喜歡妳了～♪」

「我也很喜歡您。」

我溫柔擁抱撲進懷裡的主子。

——想必是急事，才會騎馬闖進都城。

若是好消息，應該就是「張家軍成功打倒闖越大河的玄國軍」或「進攻敬陽的西冬軍已遭到殲滅」。

可是，如果是壞消息呢？

「當然只有一個答案。」

我感受著大小姐的體溫，暗自得出結論。

——也就是「玄國」大軍進攻敬陽。

聽見大街上的大人們在大喊，聽來像是在敦促在外玩耍的孩子們回家。

「『白鬼』和『四狼將』要來了～！」「快逃！」「快點回家！」

我短暫閉上雙眼，隨後對敬愛的明鈴大小姐露出微笑。

「天氣稍微變涼了。我馬上倒碗熱茶給您。畢竟雖然曆法上已經入春，但仍然留有些許冬天的寒意。」

＊

「閣下，屬下確認過周遭沒有任何異樣了。」

「嗯。」

我——榮帝國宰相楊文祥聽完年邁侍從的這番話，便環望起這座位於皇宮外圍的衙門。這裡沒有其他人在，且寬敞得甚至有些許涼意。

左右兩旁各有一層高台。中央則有一塊稱為「龍玉」的巨大黑石。

自從四代之前被迫遷京至此的皇帝發現這塊巨石後，它便長年鎮守於此，直至今日。或許是因為這裡自當時就是衙門，入夜後連衛兵都不肯靠近，甚至只有少數人知道裡頭有座不為人知的地牢。

我摸著雪白的鬍子，向依然緊握劍柄，毫不鬆懈的老侍從詢問：

「我們也差不多該放走徐飛鷹，讓他回到故鄉——『南陽』了。他的處置都有在談了吧？應該沒有蠢到派人拷問他吧？？」

「屬下這裡有副宰相親自捺印的證書，您無須擔心。」

「……這樣啊。」

我想起在進攻西冬時害死無數將領與士兵，自己則大搖大擺地回到臨京的林忠道。一想起他那當時還有稍作反省，現在卻又恢復以往囂張模樣的嘴臉，就令人不快至極。

他和前禁軍元帥黃北雀明明因為嚴重失策，造成慘痛犧牲……卻仍然握有莫大權力。他們只會為「榮國」帶來更多災厄。

除了他們以外，也得想辦法驅逐皇上那位來自林家的寵妃……

我聽見不只一人的低調步伐，以及某個人的嗓音。那聲音來自大廳燈火照出的黑影之中。

「讓您久等了。」

我與老侍從不禁緊張得僵直了身體。

從黑影裡現身的那位披著外衣的矮小男子，正是副宰相林忠道的親信。

他竟然連來到這裡，都不拿下那詭異的狐狸面具。

我們事前說好「雙方各帶一名護衛」，後頭的高大男子應該就是他的護衛。但高大男子的外衣蓋住了臉，無法看清長相。

我聽見燃油滋滋作響。

於是放下撫摸下巴鬍鬚的手，瞇起雙眼。

「你竟然會藉由我的孫子來和我對談。而且地點還選在『龍玉』之前。意思是你——『不會說謊』是嗎？我還是第一次和你面對面談話……記得你的名字叫做——」

「我叫做田祖，老宰相閣下。」

「唔！」

他緩緩拿下面具，這才看見他左臉有相當嚴重的燒傷疤痕。難怪會隨時戴著面具。

田祖再次戴上面具，微微低頭致歉。

「我醜陋的臉實在難以見人，還請您原諒我的無禮。」

我揮手同意他戴著面具，並將雙手環抱胸前。

微風吹動了燈火。

「……田祖閣下，我們彼此都忙得難以抽開身。臨京百姓雖然相當敬畏此地，卻也無法肯定不會有任何人前來，我們就直接談要事吧。情況比都城的人想像的還要更加急迫。因為你侍奉的副宰相堅持不派兵去敬陽和大河下游。」

「那麼，我就直說了。」

田祖不理會我的諷刺，低下頭說：

「老宰相閣下！明天的廟堂不會同意派兵支援張家軍。甚至不會派兵防守大河下游……實屬遺憾！」

風吹過寬敞的大廳，發出詭異聲響。

我無法理解他這番話的意思，冷冷回問：

「……你這話是什麼意思？難道你已經用計讓我的提議必定遭到否決了？？」

副宰相林忠道已數次拒絕派兵支援最前線。

有時甚至會利用養女——利用皇上的寵妃加以慫恿。

他這麼做……是出自對我的嫉妒，以及過度貪求權勢。

原來不是眼前這位男子替他算計，好成全他的欲望嗎？

田祖大力否認。

「您似乎對我有些誤會，就趁這個機會向您解釋吧。我其實支持派兵協助張家軍抵禦外敵。『敬陽』是我國防守重鎮！失去敬陽與亡國無異。我曾相信進攻西冬是要預防敵軍主動進犯。」

即使隔著一層面具，也能感受到他愛國心切。

……但我無法相信此話是出自真心。

因為有謠言指出就是這個男人暗中慫恿，林忠道才會在蘭陽之戰放棄總指揮，與少數軍隊一同返回都城。

然而，身材矮小的男子卻是垂頭喪氣地說：

「不過……副宰相無法理解我的想法，完全不考慮派遣援軍。我國進攻西冬前，副宰相的確相當信任我……但如今已不同以往。」

「所以，他是利用那個寵妃慫恿皇上嗎？」

田祖沒有回答，僅僅是咬緊嘴唇，微微頷首。我不禁感到毛骨悚然。

——外戚利用年輕美女操控皇帝。

自古以來有不少史書曾提及這類故事，我也經常勸諫皇上……真沒想到會在上了年紀後，親眼見證此等駭人聽聞的事情發生。

皇上在進攻西冬大敗過後，便再也不出面處理政務。

起因在於臨京百姓們寫來譏諷他的短歌——

「張泰嵐的敵人不在北邊，也不在西邊，全在南邊的都城玩女人。」

他不知道在哪裡聽說這首短歌後，就一直相當沮喪。但他竟然會沮喪得不顧政務。

我摀住額頭，嘆道：

「林忠道不派援兵協助張泰嵐，究竟有什麼打算？即使真能獨攬政權，也得避免榮帝國亡國才有意義——……該不會——」

我上了年紀的腦袋想出了可能的答案。

不派援兵，也得避免亡國。也就是說——

田祖轉動面具底下的雙眸。

「林忠道明天會在廟堂上提議『與玄帝國談和』。而且……這也同時是皇上的想法。」

「唔！」

我倒抽了一口氣，用手摀住頓時劇烈跳動的心臟。

「宰相大人！」老侍從一見我無法站穩，只能單膝跪地，便立刻跑來攙扶我的肩膀。我接過他遞過來的藥丸與水壺，硬逼自己吞下藥。

我氣喘吁吁地擦拭嘴角反駁：

「……一廂情願的談和不可能有用。真要談也得看敵人——」

「請您過目……這是我從林忠道那裡抄來的抄本。」

田祖不等我說完，直接走來遞給我一張紙條。

紙條上的內容令我啞口無言。

因為這完全是……假談和之名，行投降之實。

・割讓含「敬陽」在內之湖州予玄帝國。
・割讓含「安岩」在內之北西州予西冬。
・「玄」、「榮」二國將依本和約結為兄弟國。以玄為兄，以榮為弟。
・「榮國」每年須贈與銀子、馬匹、絹布予「燕京」。數量另訂。
・恐懷反叛意圖之張家、徐家、宇家須提供人質，送往「燕京」。
・除非榮國違約，否則「玄帝國」將不再企圖統一天下。

我勾著老侍從的肩膀起身，猛力抓亂自己的頭髮。

玄國皇帝「白鬼」阿岱韃靼說不定真會接受這樣的談和條件。看來應該不是林忠道想的，是照吞了敵方提出的要求。

……但是……但是！

怒火將我年邁的身軀燒得渾身發燙。

「這種毫無尊嚴的和約……要怎麼向割讓地的百姓和張、徐、宇三家的當家解釋？西方的宇家已不再信任朝廷，南方的徐家也在徐飛鷹遭捕入獄後略顯叛意！而且萬一阿岱企圖再次進攻，我們就會賠上整個榮帝國！」

「您說得對，這的確是個餿主意。但他們甚至決定派黃北雀去談和了……宰相閣下！副宰相顯然通敵，還請您動用非常手段勸說皇上改變主意！」

田祖激動地朝我走來，但遭到老侍從攔下。

「……恕我拒絕。」

皇上居然完全不找我商討，就擅自同意這份和約，甚至連派去談和的使者都決定好了。

也就是說，若我真為榮帝國著想，就應該捨己為國。

我閉上雙眼，無奈說道：

「請您別會錯意了，田祖閣下。這份和約的確會讓榮帝國蒙受奇恥大辱，且終將成為禍根。想必後世史書皆會視我為賣國賊。然而——」

接著睜開雙眼，以榮帝國宰相之姿做出抉擇。

「我是皇上的忠臣。若龍心在『和』……也只能盡力成全皇上。」

我這番話令田祖腳步不穩，待在黑影當中的護衛也緊咬嘴唇。

曾是副宰相親信的矮小男子驚慌說道：

「這、這怎麼行……難、難道您不惜侮辱長年守護榮國的『三大將』——張泰嵐、徐秀鳳、宇常虎等人嗎？假若張家、徐家和宇家反對，您也會打壓他們，只為協助我國與玄國談和嗎？」

我想起過去一同享酒，且比我年輕的三位將軍。

唉！沒想到我們當初發誓合力護國，如今卻是落得如此下場！

但我是榮帝國宰相……若皇上想藉由談和保護國家，我定會不顧三家反對，忍辱求全。

「……畢竟也別無他法。我們現在必須先想想吞下這次無比屈辱的談和——吞下這『猛毒』之後，應有哪些作為。守護我國北、西、南三方的張家、徐家、宇家的確太過強勢。看來是時候削弱他們的武力，大幅改革直屬朝廷的軍隊——禁軍了。」

田祖渾身僵直，彷彿遭到天打雷劈。他流下冷汗，顯得相當錯愕。

「您、您該不會……一直在尋找削弱張、徐、宇三家權勢的良機吧？楊文祥，真沒想到您竟然是這種人！」

我撇開原本直視著田祖的視線。天上烏雲落下大雨，時而有閃電劃破天際。

難道連老天爺……也為我國的命運感到悲痛嗎？

「你或許不知道，負責治國的宰相本來就應以國為重。祖國自然是比將軍們的權勢重要——根本不值得比較。若願意耐心勸說，想必泰嵐與徐家、宇家現任當家也會願意妥協。」

說完，天上便響起震天雷鳴。同時，感覺到石地板傳來一次彷彿蹬地而跳的震動。

我試圖站穩腳步時——

「呃唔！」

「唔！宰相大人！！！！！你這傢伙——！」

田祖的護衛用匕首在我身上刺出一道傷口。幸好沒有刺中要害。

老侍從立刻拔劍應戰——

「唔！你、你們竟敢算計……！」

然而卻被迅速接近的田祖以短劍刺穿胸膛，當場喪命。

我伸手抓住刺客的肩膀。

「你、你是……什麼人……？」

「……你只顧著在宮中享樂，連自己關進地牢毒打的人長什麼樣子都不認得了啊……」

男子語中充滿仇恨，並在拔出匕首後卸下蓋住頭部的外衣。

「唔！你、你是……該、該不會……可、可是，為什麼？」

他有著一頭褐髮，相當年輕。皮膚曾遭到燙傷，臉上也有不堪入目的傷痕——是「拷問所致的傷疤」。

刺客重新握好手中匕首。

「我是徐飛鷹，我爹正是被你算計派去蘭陽送死的徐秀鳳……我在地牢裡的每一天都是無比煎熬。沒想到你不只奪走我爹和宇常虎將軍的命，還打算打壓徐家、宇家、張家和張泰嵐將軍……看來田祖說的全是真的！……你竟敢……你竟敢……你竟敢——！！！！」

糟糕！我完全落入他們的圈套了嗎？

竟然還拉攏徐家長子行刺——

「慢、慢著！你誤會了……咳！」

「你就下地獄——去向那些死在西冬和敬陽的人賠罪吧！！！！！」

匕首再次刺進我的身軀，造成難以忍受的劇痛。

我用盡最後的力氣伸手撫摸飛鷹的臉頰，就好比他當年還只是個嬰兒那樣。

「……………榮、榮帝……國……………………」

刺客向後退開，使我隨即趴倒在冰冷地面上，猶如無法使力的人偶。

視野逐漸模糊、變暗，傷口血流不止。

「……你這個奸臣！」

飛鷹滿是憎恨的謾罵與腳步聲撼動了我的身軀。

「飛鷹閣下，請你趕在今晚離開臨京，返回『南陽』保護徐家！再來全交給我收拾就好，絕不會虧待你。」

「你處處幫著我，實在感激不盡！我永遠不會忘記你的大恩大德……先告辭了！」

飛鷹的腳步聲逐漸遠去。

哀哉、哀哉，太殘酷了……我死後要是見到秀鳳，該怎麼向他賠不是？

我已經虛弱得無法挪動半根指頭。沒想到會遭田祖這個「老鼠」算計。

——附近傳來好幾人的腳步聲。

「看來是完事了。你的演技頗為出色。」

怎麼會有小姑娘來這種地方？

田祖似乎是朝著她單膝跪地，以表尊敬。

「……讓您見笑了。雖然是以根除老宰相這個阻礙，讓『榮國』在偽帝談和後從南部開始產生叛亂為重，但我似乎做得有些太過火了。」

他們竟然不只想殺死我，還企圖引誘徐家發動叛亂——忽然聽見一道彷彿孩童的笑聲。

我明明命在旦夕，卻不禁為此感到無比畏懼。

「他不過是個蠢到連幫助自己和陷害自己的人都分不清的可悲孩子。想必『鳳翼神將』地下有知，也會哀嘆不已。不過——他的命運在被那傢伙找出來，甚至遭到『黑刃』追擊時，就已注定如此了。」

那位姑娘說完這番話，便跨步離開。

「快派人通知『白鬼』——『我們成功讓榮國分崩離析了』。」

——原來如此…………原來是這麼回事。這一切……都是「白鬼」的詭計。

哀哉、哀哉——我犯了大錯。犯了無法彌補的大錯。

抱歉，秀鳳……抱歉，常虎……

抱歉，泰嵐…………！

我已看不見任何光芒，只剩一片漆黑逐漸遮蔽雙眼。

「我和你們這些享受虛假繁華的人合不來。」

——想起過去在臨京地牢那段有趣的對談。

呵呵呵…………你說得對……果真是……虛假的繁華…………

張隻影！張隻影啊！

請你、請你…………救救這個國家……救救榮國…………

隨後，我——楊文祥就此昏厥，沒入永遠的黑暗之中。

＊

「抱歉……可以…………可以再說一遍嗎？雖然令旨上寫得很清楚，但是此等要事不容出錯……『老宰相』說他要我做什麼？？」

敬陽張家大宅其中一間房裡。

張泰嵐這道提問連我跟白玲兩個自家人，以及膽量過人的瑠璃與穿著女官服的和杜，都會不禁打起寒顫。來自臨京的傳令——一個年輕的禁軍士官更是顏面蒼白。

老爹右肩的傷尚未痊癒，仍無法動彈，卻也不減他的威嚴。

「皇、皇上已、已經決定與『玄國』談和。所以宰相大人**『要求張家軍不得再戰，命張泰嵐速速趕往朝廷』**。」

我和白玲看向彼此，瑠璃把玩著棋子，和杜則是保持沉默。

——敬陽北方那場決戰，已經是五天前的事了。

自從玄國軍撤回「白鳳城」，西冬軍撤回「舊白銀城」後，便一直毫無動靜，反倒顯得格外詭異。

本以為他們是因為受到不少損耗，才會先養精蓄銳……但看來事情沒有我想的這麼單純。

老爹用左手摸著下巴那撮這陣子忽然變白許多的鬍子。

「感謝你帶來這份令旨！你就先回臨京轉告宰相大人說『我會照做』吧。」

「遵、遵命！先、先告辭了！」

年輕傳令就像是用逃的跑到外頭，房內只剩下我們幾個人。

老爹背對我們，看往窗外。

——氣氛十分凝重。

早知道就硬拖著庭破過來了。

我身旁的銀髮姑娘用雙手拍打辦公桌。

「爹！這太無理取鬧了——」「白玲。」

老爹輕拍她的肩膀，搖了搖頭。

縱使張泰嵐是無人能敵的救國名將……也仍然是個人。他當然也會覺得詫異。

「…………」

我的青梅竹馬似乎也明白了這個道理，便扭曲端正的臉龐走來我身後，用頭抵著我的背。

我坐到椅子上，對正用手指轉動藍帽子的瑠璃說：

「瑠璃，妳怎麼想？」

「……這不太尋常。」

長相稚嫩的軍師離開椅子，開始在房內徘徊。

黑貓小唯也跟著走在她後頭。

「我聽說榮帝國老宰相楊文祥的名聲連其他國家都有耳聞。而且他是如果事態緊急，甚至會不惜親自上船與『張護國』對談的人。」

瑠璃停下腳步。

接著抱起腳下黑貓，並一邊撫摸牠，一邊講述自己的想法。

「就算臨京那些高官全同意與玄帝國談和，也不可能在失去『鳳翼』徐秀鳳、『虎牙』宇常虎後突然命令鎮守最前線的大將軍**『不得與敵軍再戰』**和**『儘快趕往臨京』**，甚至完全沒有多做解釋吧？而且派來的傳令不是將軍，只是個禁軍的下級士官？就算令旨上有老宰相的印章……也說不通。這其中一定有詭！這樣簡直像在刻意挑釁張家軍，逼人引發叛亂——啊，對、對不起！我、我沒有那個意思……」

「我們知道。」

我從腦袋非常靈光的軍師手上搶走藍帽，戴在她頭上，並交由和杜來安撫她。

我用眼神向白玲示意，對仍背對著我們的老爹說：

「老爹，我的想法和瑠璃一樣。從玄國軍和西冬軍不尋常的動作看來，宮廷那邊應該是刻意背著我們商討談和的事情……我有不祥的預感。」

「爹，我們是不是該先向伯母打聽都城的情況，再決定往後該怎麼做比較好？」

「…………嗯。」

白玲沒有提及明鈴，是因為情勢出現了重大轉變。

傳令地位低得簡直是瞧不起張家，還突然開始談和。

往後若是仰賴「王家」幫忙，很可能會害他們被牽扯進麻煩事。

雖然那個麒麟兒說不定就算得知我們為什麼避著她，也不會善罷甘休。

突然——老爹拍手說道：

「好！我決定了！」

他回過頭，並以彷彿身處戰場的嚴肅神情講述接下來的打算。

「我會立刻趕往臨京，當面詢問老宰相意圖何在！反正搭外輪船只需要兩天就能抵達。你們留在敬陽等我回來！」

「老爹！」「爹！」「…………」「張將軍……」

我和白玲急忙衝上前。和杜則是從後面將手裡抱著黑貓，頓時面無表情的瑠璃擁在懷裡。

老爹大力揮動左手說：

「隻影，白玲，你們別這麼生氣。若皇上認為**最好與玄帝國談和**，我們也是無可奈何。想必老宰相也是如此。」

「「…………」」

雖然我對臨京的皇帝幾乎不懷任何忠誠心，但老爹是榮國的大忠臣。

他應該一輩子都沒想過忤逆皇帝。

老爹摀住雙眼。

「……抱歉……可以暫時讓我一個人靜一靜嗎……？」

「…………」

我們一同走往房外。

——隨後……

「喔喔！！！！！！！！！！！！！！！！！！！！！！！！！！！！！！！！！！！！！」

「唔！？！！！」

忽然有道宛如野獸且震耳欲聾的叫吼與摔壞東西的聲響傳遍整個張家大宅。黑貓怕得從瑠璃手中逃走。

即使身處再怎麼艱困的戰場都不曾示弱的老爹——「張護國」正在放聲痛哭。

同時也能發現聚在走廊上的傭人們個個以淚洗面，士兵們則是不甘心地捶打地面。

「爹……隻影，爹他……」

「……嗯。」

白玲也撲進我懷裡，流下眼淚。

收復大河以北的土地——「北伐」是張家長年以來的宿願。

但假如成功與玄國談和，或許就再也沒機會收復故土。

張家在最前線奮勇殺敵數十年……竟然換來這樣的結果！

白玲在我身陷感傷時，離開我的懷裡。

她用袖子擦拭眼角，轉身背對我。

「……我去洗把臉。」

看見朝霞在走廊上，便將這位太過溫柔的張家繼承人交由她來安撫。

我目送銀髮姑娘的背影離去，同時呼喚仙娘的名字。

「瑠璃。」

「我也是毫無頭緒。我們得到的消息太少了……少得很不自然。」

仙娘一邊從手中生出白花逗弄黑貓，一邊冷淡回答。

我轉身面對因為持續與十萬西冬軍對峙，結果仍然沒機會見識敬陽城牆的軍師。

「那，我想確認談和條件。除了割讓『敬陽』以外，還有什麼？」

「割讓大運河以北，以及『安岩』所在的那一州。還有每年進貢銀子、絹布等貢品。他們要求的數量當然就像天上星辰那樣，多到難以估計。再來就是禮儀方面的欺壓……以及──」

「要求隻影大人前往『燕京』。」

有著一頭黑短髮的姑娘加入我們的對談。

我用手指抓了抓臉頰，苦笑道：

「呃……和杜，選我當人質又沒意義，不可能吧？」

「我回來了。」

「呀！」

突然有人拿冷冰冰的布貼在我脖子上，害我真的嚇得跳了起來。

我瞪著似乎是急忙趕回來的白玲，她卻故意裝傻。可、可惡……

「你們在聊什麼這麼開心？還有，你要是不先跟我商量就擅自去當人質，我一定罵死你。」

「妳、妳明明就有聽到。我就說不可能了啊。」

「我一定罵死你。」

白玲將貌美的臉龐湊到我面前，拿布擦拭我的臉。周遭的傭人們忍不住笑了出來。

瑠璃不再生出白花，重回正題。

「認真來說，他們會想要求張、徐、宇三家或榮帝國某些豪門提供人質，也不是沒道理……但一定會為這件事情吵成一團。」

「我想也是。」「不曉得飛鷹是不是還關在牢裡……」

「…………」

我和白玲顯露憂愁時，實際指揮火槍隊的那位冷靜沉著的隊長，卻陷入了沉默。很難得看她會沉思到不發一語。

「和杜，怎麼了？如果身體不舒服，就先去休息吧。」

「咦？啊……不是，我很好……」「…………」

來自宇家軍的和杜回過神來以後，便低下頭用手指撥弄著自己的黑髮，看起來很害臊。我不理會白玲正半瞇著眼瞪我。我又沒說錯什麼話！

瑠璃不知道是不是顧慮到和杜，忽然左手扠腰，以很刻意的語氣調侃我。

「隻影～你不要因為我的副官很可愛，就這麼明目張膽地捉弄她啦～不然待會白玲鬧起彆扭來，我又得聽她抱怨——唔唔！」

「瑠、瑠璃姑娘！……隻影，她是亂說的，你別誤會了。」

「呃，好。」

白玲用右手摀住瑠璃的嘴巴，用左手食指指著我。

我被她凌人的氣勢壓得說不出話時——

「——呵呵呵。」

和杜露出了她這個年紀的姑娘會有的純真笑容。

接著對我低下頭說：

「我好像真的有點不舒服，先去休息了。隻影大人，謝謝您的關心。」

「好～妳好好休息吧！」

「知道了。」

黑髮姑娘踩著輕盈腳步，順著走廊離去。途中有幾名女兵一同前去向她搭話。她們穿著明顯穿了很長一段時間的輕甲冑。

白玲小聲說道：

「畢竟她原本是宇家軍的人。」「是啊～」「她會回去西邊嗎……？」

既然朝廷有派傳令來張家，就表示應該也有派人去徐家和宇家。

和杜不可能不在意過去侍奉的宇家會面臨什麼命運。

——但我和白玲在意的，就是另一回事了。

「「（盯～）」」

「你、你們兩個怎麼都露出那麼奇怪的眼神啊？」

我先把手放上瑠璃的藍帽子——

「妳如果會寂寞，直說就好啦。我們的軍師大人就是這點令人傷腦筋。」

白玲則是從金髮綠眼的姑娘身後將她抱進懷裡。

「瑠璃姑娘，妳別忘了還有我在。我們今晚一起睡吧。」

仙娘臉頰迅速變紅，並開始吵鬧。

「～～唔！你、你們兩個！不、不要拍我的帽子！不、不要抱著我的頭！我、我要生氣嘍！真的要生氣嘍！」

「「好好好。」」

「唔！你、你們張家這對笨蛋兄妹——————！！！！！」

腳邊黑貓發出無奈的叫聲。

隔天，老爹獨自離開了敬陽。

他始終堅持不許我們隨行，且比以往固執許多。

——七天後。

明鈴的隨從——靜姑娘親自捎來了一份令我們天翻地覆的壞消息。

「張泰嵐疑心生叛意被捕入獄。將判處死刑。」

無比忠誠的老爹心生叛意？而且還被判死罪？？

……看來都城那邊發生了前所未有的大事。

＊

「呵呵呵……歡迎你來到臨京！我王明鈴等你等得一日三秋——噗噗！」

「……妳太大聲了。還有……妳父母不是禁止妳接近我們嗎？光是之前派靜姑娘來找我們就很危險了，多少克制一點好不好！」

我一從明鈴安排的外輪船走下港口，便動手摀住在港口等待的明鈴的嘴，觀察周遭動靜。

這裡是臨京郊外一座無人的廢棄漁村。

雖然看起來杳無人煙……仍然不能大意。

我們現在等同是「叛徒」的同夥。

隨後下船的有後頭的白玲、讓黑貓待在自己左肩上的瑠璃、堅持與負責帶路的靜姑娘隨行的朝霞與部分女官，以及由和杜率領的兩百多名士兵。

……留在敬陽的庭破等人或許會怨我們不讓他們跟來。

我直到明鈴開始拍打我的手，才放開她。她立刻害臊地說：

「噗哈。隻、隻影大人……你也會擔心我嗎？」

「那當然。我其實不希望牽連到妳……可是老爹已經要伯母他們儘快離開敬陽，所以我們只能仰賴妳的幫助。抱歉。」

「只能仰賴我……原來如此。原來如此！欸嘿嘿～♪」

「唔喔！」

這位比我年長的姑娘才剛伸手摸我的雙頰，就突然抱了過來。我勉強接住了她因此彈飛的橘色帽子，免於掉落地面。

這也讓港口的木板地發出軋軋聲響，更讓白玲以冰冷眼神直盯著我看。呃，我能怎麼辦？

我用手對之前說：「若不能隨行，我們就立刻自戕！」的老兵們下令，並敦促用頭磨蹭著我胸口的明鈴。

「總之，妳先簡單解釋現況吧。」

「啊，說得也是。」

明鈴用眼神拜託我替她戴上帽子。我照做之後，她便一臉欣喜地往一旁走了幾步——再回頭看向我們。白玲也走來我身旁。

麒麟兒的雙眸散發出冰冷的智慧光輝。

「目前情況可說是糟糕透頂。」

遠方雷鳴撼動了水面，嚇跑其中的鳥和魚兒。

朝霞與靜姑娘似乎在商討某些事。應該與伯母他們的行蹤有關。

明鈴看向我們每一個人。

「老宰相楊文祥在二十天前的清晨——遭人暗殺。凶手可能是逃獄的徐家長子，徐飛鷹。」

「「「…………」」」

我、白玲和瑠璃陷入沉默。飛鷹居然會暗殺老宰相？

我以為老宰相應該會設法讓飛鷹在獄中免於嚴刑拷打……

明鈴走來我身邊，從懷裡拿出一份文書。

「隔天朝廷便決定與玄國談和，並命令副宰相林忠道代替宰相主導談和。這裡寫著詳情。」

「「「…………」」」

我察看接過手中的這份文書。

……幾乎一如我和瑠璃的預料。

唯一沒料到的是**「處死張泰嵐」**。

阿岱應該不是會因為沒拿下上次那場決戰，就設局陷害老爹的人……但上頭寫得一清二楚。

明鈴走到瑠璃身後，伸手抱住了她。黑貓似乎是覺得被打擾，隨即跳下她的肩膀。

「同時——副宰相也派兵包圍了位於臨京的張家、徐家和宇家。但是這三家似乎早已人去樓空。」

「所以……張將軍是在林忠道成功獨攬大權後，才抵達朝廷。結果宮裡那些人直接將他打入地牢，完全不聽他解釋。最後甚至被冠上莫須有的叛亂罪，判處死刑。」

「對。而且明天日出就會行刑。」

不做任何抵抗的金髮姑娘加入談話，以倍感困惑的神情看著我。

我知道她為什麼會如此困惑，也知道她接下來想說什麼。

「你要怎麼辦？我看宮裡那些人差不多都瘋了。」

「……這還用說。當然是去救老爹。」

我撥開黑髮，高舉雙手。

「竟然說張泰嵐有叛意？說會天崩地裂還比較有可能。若老爹真的想反叛，這國家老早就沒了！……不過——」

我將手放上「黑星」的劍柄，對面前的兩位姑娘道歉。

「抱歉，明鈴、瑠璃。看來跟張家扯上關係，比我們想像中還要危險許多。我和白玲必須留下來處理張家的事情，妳們就趁還能脫身的時候——」

「隻影大人、隻影大人！你不覺得『張明鈴』這名字滿好聽的嗎～♪」

「你們也需要先找好退路吧？——而且你忘了嗎？我可是你們的軍師耶？」

明鈴說起玩笑話，瑠璃則是挺起平坦的胸膛，明言她不打算對我們見死不救。

「……妳們……」

眼眶忽然泛出淚水。

我連忙用袖口擦拭，卻沒逃過比我年長的麒麟兒與仙娘的眼睛，遭到她們調侃。

「啊～隻影大人，你在哭嗎？呵呵呵～♪這下是我贏了！」

「我們的主將真是個愛哭鬼。而且白玲老早就知道我們已下定決心奉陪到底了。」

「什麼！白、白玲姑娘？」「因為我覺得事先問過她們比較好。」

一旁也將手放在「白星」劍柄上的白玲以平淡語氣說道。

我愣得聳了聳肩。

「唉……和杜。」

「你們在西冬救了我們一命。我們一定會報答各位的大恩大德！亡父總是教導我有恩必報。

大家也願意同行。」

前宇家軍的士兵們舉起火槍附和。真拿他們沒辦法。

「好吧……但你們絕對不許死。就拜託你們保護朝霞她們跟瑠璃了。」

「是！」

士兵們整齊劃一地敬禮，精神抖擻地前去附近各處戒備。他們拿著火槍，我們可以立刻從聲音聽出哪裡有動靜。

我重振精神，向戴著橘帽的姑娘詢問：

「明鈴，妳的消息總是很靈通，是不是也知道老爹被關在——」

「呵呵呵……我張明鈴做事從不馬虎！我早料到你們會需要這個了。阿靜、春燕跟空燕也有幫忙。看！」

我攤開她遞過來的老舊卷軸，發現上頭是皇宮地底的詳細地圖……還是別問她從哪裡拿到的比較好。

我刻意拿得低一點，讓瑠璃不會看得很吃力。

「這些地道似乎能通到西方的山丘。我們就在那裡會合吧。」

「了解。」

我將卷軸遞給軍師，並說道：

「我自己一個人進去——」「我會跟隻影一起進去。你們就聽從瑠璃的指揮吧。」

「遵命！張白玲大人！」

士兵們整齊劃一地向她敬禮。我們的軍師大人先前幾乎澈底封死了十萬西冬軍的攻勢，使得士兵們對她懷有不下於白玲的極大信任。

我瞇眼瞪著青梅竹馬。

「……喂。」「我不想聽你的夢話。」

我完全沒得反駁。

「嗯……這我也說不了什麼呢～」就連平時會替我說話的明鈴都不肯幫忙。可惡！

不久，身穿黑白色衣服、披著外衣，且身材高挑的黑髮女子似乎和朝霞談完了要事，朝著我們走來。她腰上的美麗紅色刀鞘裝著一大一小的異國刀。

「隻影大人，我也和兩位一同前往地牢。」

「靜姑娘，妳的好意我心領了，畢竟這次——」

一道閃光劃過，飄落我眼前的樹葉隨即一分為二。

異國刀以彷彿仙術的優美身姿回到刀鞘，發出悅耳響聲。

——神速斬擊。

我前世和今生都從沒見過如此驚人的身手。

靜姑娘那宛如黑珍珠的眼瞳散發著無人能敵的強者風範。她微笑著說道：

「我自認應該不會拖兩位後腿。而且在皇宮與地道都需要有人帶路。」

我和白玲互看彼此一眼。

「……謝謝。」「謝謝妳。」

武藝高超的女劍士深深鞠躬。

「不客氣。我也只是遵從明鈴大小姐的吩咐。」

「啊～啊～！阿、阿靜！妳不要說出來啦！」

看見明鈴即使身處危急時刻仍能活潑地向靜姑娘抱怨，我們都忍不住笑了出來。

我伸出拳頭，與眾人拳抵著拳。

「好，剩沒多少時間了。我們馬上就去救老爹——救張泰嵐出來！」

*

我們三個走在皇宮內不醒目的地方，避人耳目。

宮裡的戒備明顯比我們張家大宅鬆懈許多，甚至大多衛兵都在喝酒。

有時還能聽見他們喊著：「談和！」「我要讓『白鬼』看看我的劍術——」

……與最前線簡直是天差地別，太荒謬了。

難怪之前白玲能夠輕鬆闖入皇宮。

我們跟著最前頭的靜姑娘前進了一陣子後，便來到衙門——老爹所在的地牢就在這裡。靜姑娘用手示意我們別跑，改用走的。

這裡沒有任何人，氣氛格外沉重與冰冷。

牆壁和柱子上掛著微弱燈火，中央有顆漆黑的巨岩，左右兩旁則擺著衙門官員的座椅。

「……這裡莫名安靜呢。」

「應該是因為這顆『龍玉』。全臨京的人都對這顆巨岩心懷敬畏……但每天都有罪犯被帶來此處行刑，應該也是原因之一。」

靜姑娘語氣平淡地回答了白玲細聲提出的疑問。白玲因為容貌太過醒目，而披著能夠蓋住頭的外衣。

我一邊聆聽她們的談話，一邊停下腳步，仰望巨岩。

前世的我在死前曾劈開過類似的巨岩。

「哦……這跟『老桃』那裡的巨岩好像啊。」

「嗯？你應該沒去過老桃吧？」

白玲聽出我話中的不對勁，如此問道。糟糕。

我再次踏出腳步，理所當然似的回答：

「——我在書卷上看過。」

「……真的嗎？你該不會是趁著自己一個人來臨京的時候，瞞著我——」

「我、我是說真的——快往右跳！」「唔！」

我與白玲各自往左右兩旁跳開，躲到附近的柱子後頭。

有把尖銳短劍插在我們剛才所在的地板上。

靜姑娘似乎也躲到了巨岩後面。

「哦……你們竟然趕得及救張泰嵐。我還以為會撲空呢。」

一名披著破爛外衣、戴著狐狸面具的矮小不速之客，緩緩從黑暗中現身。

他腰上掛著四把刀。明顯不尋常。

單聽聲音無法聽出他是男是女，也無法看出髮色。

隨後又有好幾名戴著狐狸面具、身披外衣的男子出現在我們周遭。

我將手放上「黑星」的劍柄，瞪著身材矮小的面具人。

「……你是什麼人？喔，我先說我是——」

「張隻影。那個銀髮藍眼的叫做張白玲對吧？我不認為有必要自報名號，不過，你們有能耐駕馭『雙星天劍』，不講明身分的確失禮——我叫做蓮，來自協助玄國皇帝『白鬼』統一天下的『千狐』。你們要找的張泰嵐的確就在這座地牢裡……但我們不能放你們走。你們會妨礙阿岱一統天下。乖乖在這裡受死吧！」

自稱來自「千狐」的蓮如此大喊後，其他戴著狐狸面具的男子便拔出單刃短劍，分成幾批人馬朝著我們進攻。

我和白玲拔劍擋下第一名男子的攻擊。

敲出的金屬聲響宛若哀號。

同時有種噁心的黏稠液體滴落地面，散發惡臭。

「劍身有毒！」「他們的武器格外堅固！」

我跟白玲一邊反擊，一邊講出彼此發現的異狀。

敵人有七個人……不對，是八個人。

而我們只有我、白玲……

以及——

「呃！」

短劍插進了天花板。

靜姑娘劈開了狐狸面具與男子的身軀，在空中留下優美的圓弧殘影。

她甩開刀上鮮血，動作美得彷彿舞蹈。

「唔！」「……哦。」

男子們明顯驚慌，蓮則是發出讚嘆。

手持異國刀劍的高挑黑髮美女對我們勸告：

「小嘍囉交給我應付。請兩位專心對付他。只要能拿下『頭』，縱使是妖怪也無法活命。」

「「好！」」

靜姑娘低身將短劍扔向戴著狐狸面具的男子，對他們展開攻勢。

我和白玲跑過她身旁，在「龍玉」之前與徒手的蓮對峙。

他赤手空拳的模樣雖然詭異，卻也看得出他應該對自己的身手非常有自信。

後方頻頻傳來斬擊聲與哀號。靜姑娘真是個不得了的劍士。

我絲毫不放鬆戒心，對蓮舉起「黑星」，並開口問：

「我想問你一件事……是你們陷害徐飛鷹的嗎？」

蓮纖細的肩膀微微顫抖了一次。

接著以由衷感到不快的語氣嘟噥：

「……我們？我可不像阿岱那麼喪盡天良！」

「「唔！」」

他像靜姑娘一樣將身子壓得幾乎貼近地面，快步奔來。

蓮似乎打算先對付我，但還沒見他拔刀。

他究竟會怎麼出招——我毛骨悚然地往後跳開，用「黑星」架開突如其來的一刀。

迅雷不及掩耳的拔刀斬擊！

蓮退往後方，以流暢又優美的身姿收起異國刀，嘲笑道：

「哦——你竟然擋得下剛才那一刀。有趣！」

他再次低身飛奔。

這次打算攻擊白玲！

「同樣的招式不可能管用！」

銀髮飄逸的白玲以「白星」砍向蓮——

我大聲呼喚白玲，急忙將她推倒在地。

「白玲！！！！！」「唔！」

一記劃過上空的致命斬擊斬斷了燭台，使油與火焰灑落地面。

這一次斬擊的範圍明顯比剛才更廣！甚至還是用另一隻手拿刀！

「我明明有看出他能砍多遠……為什麼？」

「我哪知道！快跑！」

我在催促白玲的同時轉身扔出短劍，卻被輕易躲開。

我們蹬地起身後，蓮便時而出現在我們的右邊，時而出現在左邊，攻勢毫不間斷。

我拚命架開他的攻擊，但他又改為蹬著牆壁、柱子，或是「龍玉」，迅速衝向我們面前。

簡直神乎其技。就像是某種仙術。

「你也太靈活了吧！每一次拿著武器的手跟攻擊範圍都不一樣！」

「而且速度快得難以置信！」

我架開蓮的攻擊，將他打上高空，卻也令右手嚴重麻痺。我不禁咬緊牙根。

雖然這裡戒備鬆散，但頻頻傳出打鬥聲響，還是會引起衛兵注意。

沒時間了！

打倒第三名面具男子的靜姑娘大聲對陷入苦戰的我們提出建言。

「那是在我的故鄉偶爾會見到的『居合術』！看來已經和原本的居合術截然不同……但要單憑速度贏過這種招式是難上加難！」

「……單憑速度——」「……是難上加難。」

我們看向自己手中的黑劍與白劍——

「白玲，我們上！」「隻影，我們上吧！」

我們盡全力衝向巨岩後頭。

只有這樣才有勝算！

巨岩另一頭傳來那名面具人的嘲笑。

「你們想躲在『龍玉』後面是嗎？愚蠢！這樣只不過是讓你們多活過幾招罷了！」

我和白玲默默對彼此點頭，用雙手握住「天劍」——

「喝啊啊啊啊啊啊啊啊啊啊！！！！！！！」

接著使盡渾身力氣砍向那塊巨岩。

「咦？」

我忽然聽見格外稚嫩的嗓音。

隨後——被切出工整平面的「龍玉」就這麼滑落地面，撞出巨響。

這一撞使得整座皇宮劇烈震動，有幾座燭台因此傾倒，造成火勢蔓延。

蓮錯愕地愣在大火之中，外衣早已劃破。

他的腰部左右兩側各佩著兩把長度不一的刀。看來那就是他的攻擊彷彿千變萬化的原因。

狐狸面具掉落地面，伴隨著一道清脆聲響碎開。

或許是髮繩也一同斷裂了，他美麗的長髮在火焰中飄散開來，垂落肩頭。

我和白玲同時訝異得睜大了雙眼。

「「……『銀髮藍眼』的女人……？」」

右眼被銀髮遮住的年輕姑娘用手摀住自己的臉。

藏於指間的左眼直瞪著我們，眼中滿是憎恨。

「——……你們看到了吧？我的臉、我的頭髮、我的眼睛……——」

「「…………唔！」」

我和白玲瞬間寒毛直豎，無法說出半句話。

我們陷入詭異的沉默時，外頭忽然傳來許多人聲與腳步聲。是衛兵！

戴著狐狸面具的男子們將摀著臉的年輕姑娘團團包圍，消失於煙塵之中。

「……張隻影、張白玲，這次算你們走運。我總有一天會親手殺了你們。但看來今晚還不是時候。張泰嵐現在的模樣想必會令你們絕望無比！你們往後就儘管在這片大陸上四處逃竄，免得被『白鬼』奪走小命吧！」

如此喊完，蓮與其他面具男子便徹底不見蹤影。甚至連屍體都沒有留下。

……協助阿岱統一天下的「千狐」。

以寡敵眾卻毫髮無傷的靜姑娘甩掉刀上鮮血，在將刀收入刀鞘後敦促我們動身。火勢蔓延得愈來愈廣。

「隻影大人、白玲大人，衛兵要來了。請兩位動作快！」

＊

我和白玲一同離開「龍玉」所在的衙門，在通往地牢的階梯上狂奔。

雖然有靜姑娘負責殿後，非常可靠，但衛兵們的聲音聽起來也是愈來愈近。我們得加緊腳步才行。

我們很快就來到地道的最底部——裡頭傳來我過去聞過無數次的臭味。

死亡、鐵，以及血的味道。

石牆上有些許燈火，但仍然不夠明亮，相當昏暗。

老爹似乎是被關在最裡面的地牢。逃脫出口……是左邊這條路。

牢裡傳來鎖鏈的摩擦聲響，以及沙啞的聲音。

「──……是隻影和白玲嗎？」

唔！是老爹。

可是……靜姑娘看向我。她漆黑的眼裡顯露悲痛。

我強行攔下急著想跑去見老爹的白玲。

「爹！──隻影？」「……白玲，妳待在這裡就好。」

老爹應該也不希望白玲親眼目睹。

熟知戰場，卻不懂人心有多麼醜陋的銀髮姑娘氣憤喊道：

「咦？為什麼！」「沒為什麼！」

「隻、隻影？」

強硬的語氣讓白玲嚇得愣在原地。她的雙眼泛出了淚水。

我將布遞給白玲，對高挑的黑髮女子微微低頭致意。

「……靜姑娘。」

「包在我身上。但我們時間不多。」

「謝謝妳。」「咦？隻、隻影……？」

白玲緊握著手中那條布，顯得不知所措。我刻意忽視她的疑問，獨自往前走。

血的味道愈來愈濃，愈發刺鼻。

旁邊的牢裡有碎開的人骨與乾屍。

我抵達最裡面的那座牢籠，呼喚被鎖鏈綁在裡頭的男子。

「老爹。」

這聲呼喚令「護國神將」張泰嵐抬起頭來。他似乎遭到嚴刑拷打，裸露的上半身滿是鮮血。被鏈住的手腳也是傷痕累累，連在這片黑暗當中都能看出他傷得非常嚴重。尤其右肩的傷口更是令人不忍卒睹。

「……你們……竟然過來了。看來我……沒把你們教好。你們大可對我這愚蠢的父親見死不救……你應該有叫白玲別過來吧？我實在不想讓她瞧見……我這副德性。」

「……嗯。」

我死命忍住內心憤慨。

怎麼能……怎麼能讓那傢伙……讓白玲看見老爹這副模樣！

老爹大概是從我的表情看出了內心想法，忍著疼痛對我笑說：

「抱歉啊，隻影。都是我害你得多吃這種苦。」

「老爹！……您不要、您不要這麼說……我才是……成天給您添麻煩……」

我的眼淚奪眶而出，無法擠出喉嚨裡的話語。

但仍然逼自己強顏歡笑。

「我馬上幫您弄壞門鎖跟鎖鏈。您大可放心！這把劍利得很。」

「那是傳說中曾與煌帝國大將軍『皇英峰』共赴戰場的『雙星天劍』，對吧？」

我訝異得眨了眨眼。

老爹從來沒有過問這對雙劍的來歷。

「……原來您……早就知道了？」

「那當然。我可是你和白玲的爹呢。」

「…………」

我果然還是說不過他。從來沒有一次說得過他。

「唔唔……！」老爹微微挪動身體，發出小聲哀號。

「……那對雙劍本身沒有什麼特別的力量……但那些位高權重的人並不這麼想。繼續帶著那對雙劍，說不定會為你們招來災禍。」

「就像是『銀髮藍眼的女人』的迷信嗎？可惜銀髮藍眼的女人從來都只會為我帶來幸福。」

我很意外自己能夠毫不猶豫地說出這番話……只是仍然不會當著白玲的面說出口。

回頭看向白玲，發現她正直盯著我看，手裡緊握剛才給她的那塊布。

地牢內傳來一陣悶笑。

「……呵呵呵……看來剛才說錯了。我、我似乎有個青出於藍的好兒子……我已心滿意足，了無遺憾……」

「您說這什麼話，還需要老爹替我們早日趕跑那個可怕的『白鬼』呢。我來幫您開門。」

牢裡在我正準備拔出「黑星」時，傳出鎖鏈晃動聲響。

渾身是血的老爹搖搖頭。

「……不必了。你應該知道，你們不可能帶著遍體鱗傷的我離開臨京……我的手腳已經幾乎無法動彈。林忠道派來的那些人下手真夠狠毒啊。」

「老爹！」

我忍不住大喊。

樓上傳來奔跑造成的震動。已經……沒時間了。

老爹眼中顯露放棄與不甘。

「……夠了，隻影……你不必再說了。是我當年不該癡心妄想……妄想年幼的你和白玲嶄露的武才，能替我們完成近乎不可能的『北伐』大業……這是我應得的懲罰。」

「…………」

我放開劍柄。

收復大河以北的土地，是老爹的宿願。

但是——他從來沒有為此逼迫我們從軍。

牢裡的鎖鏈聲響加劇。張泰嵐高聲哀嘆：

「我們明明能夠及早避免這種事情發生。但是我、秀鳳、常虎，甚至連文祥都被虛假的繁華蒙蔽雙眼，忽視了種種問題。所以才會落得……如此下場…………」

「老爹……」

不行，我沒辦法替老爹說點什麼。我沒有資格安慰他。

老爹默默哭了一會兒，閉上雙眼。

「隻影，和杜應該也有來臨京吧？我得告訴你一件事——她的本名叫做『宇虎姫』，是常虎的親生女兒……似乎是有些隱情，才不願報上本名。你們先借助她的力量，暫時去西方避避風頭吧。林忠道上次離開前有不小心提到徐家，聽起來已經是一匹脫韁野馬……但宇家還保有理智，他們一定願意助你們一臂之力。」

「西方……嗎？」

我們已經無法再回到敬陽。

也還沒決定往後該如何是好……但或許能求助宇家。

「隻影！追兵要來了！」「隻影大人！」

白玲與靜姑娘連忙出言警告。

老爹低聲敦促我離開，語氣極為堅定。

「好了，你快走吧。衛兵要來了。」

「唔！**張泰嵐大人**！！！！！」

我咬緊牙根，當場下跪磕頭。

以顫抖不已的聲音向老爹致謝，也為自己無力救他致歉。

「……我這輩子……都不會忘記您七年前…………收養我的養育之恩……還有——」

「……傻瓜。這個傻兒子！你老早就還完欠我的人情了！」

老爹不讓我說完，接著哈哈大笑。

——他眼裡蘊藏著無止盡的溫柔。

小時候發燒臥病在床時，老爹一整晚都待在我身旁，替我換濕敷布。他現在的眼神就和當時一模一樣。

老爹平靜地接著說道：

「其實除了無法實現的『北伐』大夢之外……我還有……還有另一個夢想。很想親眼見證你們在不久後結為夫妻……看你當上小城文官，看白玲總是在埋怨你，卻又總是展露笑顏……也想在我卸下將軍大任後，抱抱我的孫子。那樣的將來是何等幸福。我這個夢想本來還有機會實現……是真的有機會實現。」

我說不出話。也不能說話。

若我開口說話……絕對無法忍住淚水。

老爹告誡我：

「但如今已化為烏有。我現在只求你們能在我死後過著幸福和樂的日子，沒必要……沒必要逼自己成為英雄豪傑——隻影。」

「……是！」

我站起身，用袖子擦拭眼淚。一陣似乎是因為追兵跑動而生的風，吹動了燈火。

——張泰嵐……我的父親顯露雖然嚴厲，卻也不失溫暖的眼神。

他露出笑容，用滿是鮮血的嘴，說出再簡短不過的心願。

「白玲就拜託你了。」

「……我一定會捨命——」

「不許捨命。命只能用撿的，不可以拋棄它。你要謹記在心……知道嗎？千萬別忘了。」

「…………老爹！」

我的眼淚再怎麼擦，都還是止不住。

可惡！可惡！可惡——！

老爹一臉傷腦筋地看著不停哭泣的我——並閉起其中一隻眼睛說道：

「喔，對了。我想託你轉告白玲一件事。畢竟要當面說出這種話，實在是有點難為情。」

我聽完老爹的遺言，便離開地牢，回到白玲與靜姑娘身邊。

……我們得趕快逃出去。

緊盯樓梯有無動靜的白玲睜大了她那雙藍眼。

「隻影！爹呢？」

「老爹他……」

「白玲、隻影，你們快走——！！！！！！！！！！！！！！！！！！！！！！！」

「「「唔！」」」

不曉得老爹是怎麼擠出力氣大吼的。

張泰嵐的臨死咆嘯不只撼動這座地牢，也撼動了受到黑夜籠罩的「臨京」。

靜姑娘忽然急忙回頭提醒我們。

「隻影大人！白玲大小姐！追兵來了……聽起來大約有五十人左右！」

「……好。」

我如此回答後，便牽起愣在一旁的白玲的手。

「隻、影……？我們真的……不帶爹走嗎？」

白玲彷彿寶石的雙眸接連湧出大粒淚珠。

我用左手擁抱身旁的銀髮姑娘，在她耳邊懺悔。

「對不起……對不起！妳真要恨，就恨我吧……我們走！」

尾聲

「隻影！白玲！」「隻影大人！白玲姑娘！」

我們逃離地道後，在入口附近商討的瑠璃和明鈴便立刻趕來我們身邊。

天已經亮了。

或許是因為我半抱著已哭乾眼淚的白玲，感到疲憊不堪，忍不住癱坐在地。始終替我們殿後的靜姑娘完全沒有流下半滴汗。

「……嘿，瑠璃、明鈴。」「…………」

「看來你們……沒受傷。」「我、我去拿水來！」

兩人似乎從老爹不在與我們的疲態猜出了一些端倪，並沒有過問什麼。

……太感謝她們了。

「…………」

一旁同樣坐在地上的白玲也只是哭喪著臉，不發一語。

……她如果肯罵我發洩，或許還會比較好過一些。

正當我沮喪地這麼想時，瑠璃冷靜地向靜姑娘問：

「阿靜，追兵呢？」

「我們在途中打倒了幾次追兵。但其他追兵不曉得會不會追來這裡。」

「好——和杜，照我們事先說好的，拿火藥炸壞出口。」

「遵命！」

正在待命的和杜一收到命令，便動作俐落地把一些小桶子放到那條地道的出口。她們似乎已經想好該怎麼甩開追兵了。

晚點得跟和杜——「虎牙神將」的女兒宇虎姬談談往後的打算才行。

談談我們是否能暫時逃往宇家鎮守的「西方之地」。

瑠璃在下完令後，走來我們身旁。

「你們兩個表情這麼凝重，會影響到士氣。」

「的確……」「…………」

我一直在嘗試擺出笑容……但不曉得在別人眼裡是什麼樣子。

隨後，瑠璃蹲了下來——

「白玲。」

「瑠璃姑娘……？」

伸手擁抱低著頭的銀髮姑娘。

她一邊用手梳理凌亂的銀髮，一邊溫柔安慰白玲。

「妳不需要自責，這不是妳跟隻影的錯……說什麼都不可能是你們的錯。」

「——……嗚嗚嗚嗚嗚嗚嗚嗚嗚嗚嗚嗚嗚！！！！！！！！！！！！」

淚滴從白玲的藍眼滂沱而下。

我藉著眼神向瑠璃致上由衷的謝意，並撐起沉重的身軀。

與應該已經知道往後會發生什麼事的老兵們簡短交談後，便轉頭望向丘頂——望向薄薄朝霧之中的「臨京」。

皇宮冒出的黑煙應該是出自昨晚那場火災。

而皇宮前……有座數個月前尚未出現的巨大木台。

——那是專為「張護國」打造的刑場。

皇帝與林忠道竟然不惜派人打造那種東西，也要除掉他們害怕的張泰嵐。

我正努力克制內心衝動時，忽然有人小心翼翼地拉了拉我的衣角。

「隻影大人……那個……」

「明鈴。」

我轉身面對替我們拿水壺過來的明鈴，向她單膝下跪。

「唔！隻、隻影大人！你、你怎麼突然這樣！？！！」

我不顧明鈴的驚訝，直接吐露內心的百感交集。

「……我得謝謝妳。幸好有妳跟靜姑娘，我才能見到老爹……最後一面。謝謝妳！我一定會報答妳這份恩情。就算妳不記得了，我一樣會……」

「…………隻影大人。」

她輕輕握住了我的雙手。

比我年長的這位姑娘露出自我認識她以來，就從來不曾變過的開朗笑容。

「不要覺得欠我一份恩情！你忘記了嗎？起初是你先救了我跟阿靜！現在是我連本帶利地回報你而已。」

我愣得眨了眨眼，喝掉一半她剛才遞給我的水。

並發自內心感嘆：

「明鈴……妳真是個令人敬佩的好女人。」

「唔唔唔～！你現在才發現嗎？沒錯，我可是配得上隻影大人的好女人——」

「妳先讓開。」「呀！」

白玲突然架開明鈴，直逼我面前。

後頭的瑠璃用眼神暗示我——「告訴她真相」。

我果然敵不過我們的軍師大人。

銀髮姑娘搶走水壺，喝光裡面的水，接著面露氣憤地問：

「隻影，你剛才在地牢為什麼不讓我見爹——」

「白玲，老爹託我轉告妳一件事。」

我立刻抱住必須奮力保護一輩子的銀髮姑娘——白玲的頭，在她耳邊轉告老爹的遺言。

「我不多做奢求，只求妳能幸福、身體健康，與大家和樂相處，便足矣。」

一陣格外冰冷的春風，吹起了她的美麗銀髮。

白玲頓時啞口無言，流著眼淚捶打我的胸膛。

「…………太過分了…………太過分了！我也、我也想跟他——爹、爹！爹啊啊啊啊啊啊啊

啊！！！！！！！！！！！！！！！！！！！！！！！！！」

白玲放聲大哭。我輕撫她的背時——陽光照亮了山丘。

日出時分來臨。

大地一陣鳴動。應該是和杜他們引爆了放在地道的火藥。

瑠璃讓黑貓站到自己的左肩上，失落嘆道：

「唉——……這一刻終究來臨了。在大河以南建立虛假繁華的榮帝國，開始走向滅亡。」

＊

「日出了。快帶罪大惡極的張泰嵐出來。」

地牢門敞開後，便有幾名獄卒走進牢內。

他們解開我身上的鎖鏈，勾著我的兩邊腋下硬拉著我起身。單是如此，就能令我渾身劇痛。

「唔唔……」

「哼！看來不小心太折騰你了。」「堂堂一個救國英雄淪落至此，真可悲啊。」「從英雄淪落成罪犯……」「張泰嵐，你的死期馬上就要到了，現在做何感想啊？」

獄卒們拖著我前往外頭，一路上不忘出言譏諷。

他們完全不懂──

──不懂我的死，會帶給「玄」「榮」二國談和多大影響。

「白鬼」想必不會樂見我驟逝。

「哼哼哼……」

我竟能在幾乎已完全無法動彈，命在旦夕之時，得到如此遠觀！

哎呀哎呀……我們人實在是太有趣了！

「你、你別突然發出怪笑！」

獄卒怕得一邊發抖，一邊對我出拳洩憤。但我實在止不住笑意。

一離開地道，他們就逼著我走往皇宮前的行刑台。

我使勁鞭策疼痛不已的沉重身軀，然而身子早已奈何不了渾身疲憊。

數次癱倒在地，每一次皆換來獄卒的鞭打。

「別偷懶了！給我站起來！」

前來看我受刑的眾多臨京百姓哀號四起，但我仍努力用自己的雙腳一階階爬上行刑台。

──不曉得又過了多久。

等回過神來，我已經被綁在行刑台上了。

身旁有兩位劊子手。那個因為獨掌大權，而變得更加自大的肥滿奸臣也在。那奢華的衣裳穿在他身上盡顯醜陋，實在浪費。

他高高在上地在眾多百姓面前高喊：

「我是榮帝國『宰相』，林忠道！此案事關重大，足以危國，因此將由我親自行刑！」

百姓們不斷鼓譟。

聽不出他們是贊同，還是唾棄林忠道。反正我也不在乎了。

我睜開朦朧雙眼，觀察台下百姓。

「我在此將其罪狀昭告天下！『張泰嵐！你身為鎮守敬陽之大將軍，卻對皇上不忠，心生叛意，不只如此，還企圖與西方徐家和南方宇家合謀攻打臨京，實屬罪大惡極！故應當判處死罪，以死償還！！！！！』」

……心生叛意，叛意啊。

我若像魏平安那樣投靠阿岱，或許才是最能保護敬陽百姓、隻影與白玲的辦法。但那個男人異常厭惡避戰之人呢。

就好比「皇英峰」在「老桃」喪命後的「王英風」。

百姓之中忽然有人大聲叫罵。

「怎麼可能！張將軍不久前才把玄國和西冬的大軍趕跑，保護了「敬陽」——也保護了我們「榮國」！你有什麼證據說他造反！！！！」

事到如今，竟然還有人在這種情況下自願袒護我！

人果真有趣。

林忠道氣得滿臉通紅，大吼：

「少、少囉嗦！衛兵，快讓他閉嘴！——……我也拿不出確切證據。」

這番話令大批百姓頓時一片譁然，甚至有少許百姓與衛兵起爭執，高聲謾罵皇上。

「沒有確切證據」就遭判死罪的將軍。

喔！這不正好跟天下無雙的皇英峰一樣嗎？

哼哼，這倒是不壞。

我正為意料外的事實感到欣喜時，林忠道忽然用他肥胖的臉龐逼近我眼前。

「那麼，張泰嵐啊，你馬上——就會命喪於此，有沒有什麼遺言想說啊？嗯？我可以大發慈悲，允許你講一句話。」

「……感激不盡。那麼，我就簡短說一句話。」

我撐起上半身，望向西方的山丘。隻影……你要替我保護好大家……保護好白玲！

接著深吸一口氣——

「一切蒼天有眼！！！！！」

我使盡渾身力氣嘶吼，讓整個「榮國」——讓我心愛的兒女能夠聽見我的聲音。

兩位劊子手立刻前來壓制我。林忠道氣得咬牙切齒。

「可、可惡！都死到臨頭了，竟然還敢放肆！——殺了他！」

天空變得無比昏暗，彷彿烏雲密布。

我聽見揮劍的風聲，以及天雷劈毀皇宮的巨響。

嗯。看來我這輩子過得倒也不算太壞。

秀鳳、常虎、禮嚴、文祥。我馬上就去找你們——你們先準備好山珍海味和美酒等著吧。

屆時可要和你們大談我心愛的兒女！

＊

「以上是我國想對貴國提出的談和條件，阿岱皇帝。」

「…………」

坐在皇座上那個有著一頭長長白髮，乍看像位小姑娘的馬人大王不發一語。

五體投地的我——受命主導談和的榮帝國宰相林忠道臉頰上流下冷汗。可惡！快講話啊！

但這座特地建於敬陽北方的談判場裡，只有我和一個投靠玄帝國的將軍是榮人。其他全是看似會隨時把我大卸八塊的野獸，令我煎熬得生不如死。

……早知道就該聽田祖的建言，把這件麻煩事推給黃北雀了。

不對，讓他攬下太多功勞，或許會成為後患。唉，假如是選在敬陽談判，倒還不會這麼如坐針氈。說什麼「選在此地以敬逝世的張泰嵐」啊！開什麼玩笑！

我暗自大罵那位長相與謠傳無異，簡直像個年輕姑娘的蠻族皇帝。忽然，他翻閱和約的白皙小手停了下來。

「嗯？赫杵。」

「啊，是！」

一名有著淡褐色頭髮，且容貌文雅的細眼男子從眾多敵軍將領之間走出來，前往皇座旁邊。

阿岱將和約遞給那名文雅男子。

「你不覺得這份和約……好像少了什麼嗎？」

「我馬上確認。嗯、嗯……哎呀？」

赫杵顯然是故作訝異，並輕瞥了我一眼。

他那雙細眼有一瞬間顯得冷酷如冰，使我不禁顫抖起來。

……與楊文祥瞧不起我的眼神如出一轍。

「皇上，臣認為這份和約少寫了一項事先談好的條件。」

「嗯，看來我果真沒看錯。」

「什麼！」

我抬起頭，直盯著那個白髮馬人。

……怎麼可能會少寫條件？

阿岱將手肘放上扶手。

「使者閣下，這是怎麼回事？難不成貴國想算計我嗎？？」

「這、這、這怎麼……怎麼敢呢！我、我發誓絕無此事……」

「那麼——」

他的聲音並不大。

然而——在場的敵方武將卻個個更挺直了身子，我也開始打起哆嗦。

怪物用手指敲打扶手。

「那麼，為何——這上頭沒有**『立張泰嵐為玄帝國元帥』**這一項？我實在不懂貴國的用意。看來你們的偽帝似乎誤會了什麼。」

立、立張泰嵐為玄帝國元帥？這、這個馬人大王在說什麼傻話？他不是你們的宿敵嗎？我可是特地幫忙除掉你們在戰場上殺不死的張泰嵐啊……為、為什麼？你、你為什麼要用那麼冰冷的眼神看著我？

莫名其妙。莫名其妙。莫名其妙！我可是堂堂的榮帝國宰相啊！

楊文祥跟張泰嵐都已經死了！

照理說接下來就應該和這群馬人結盟……結束一切紛擾才對啊！

回想起田祖的建言。他曾勸我最好別殺死張泰嵐。

我死命忍著不讓牙齒顫抖，並反駁：

「唔！恕、恕、恕我直言……和、和約裡本來就沒有這一項——」

「使者閣下。」

「噫！」

阿岱的低聲呼喚使我不禁發出哀號，嚇得向後退。

……太可怕了。這、這傢伙……這傢伙根本不是人！

原來張泰嵐這麼多年來，都在對付這種怪物嗎？

阿岱以非常輕鬆的語調說：

「勸你最好注意自己的言詞。你這麼說，不就像是我欺騙了貴國嗎？總之，你們先派張泰嵐來『燕京』吧。否則別想要求我們放下干戈。」

「唔！？！！！」

我沒聽錯他剛才說了什麼吧？

他說要派張泰嵐去燕京……才願意放下干戈？

太荒謬了……簡直荒謬至極！

而且現在南方「徐家四處作亂」，西方宇家也在蠢蠢欲動！

不、不對，我還得先想想該怎麼逃離這裡——

阿岱緩緩揮手，接著說下去。他的語氣彷彿談笑，眼神卻是冰冷得令人寒毛直豎。

「哎呀？怎麼了？？看你臉色這麼蒼白……喔，說得也是，你不可能讓自己一個月前親手殺死的人死而復生。呵呵呵……說起來，我也是挺感謝你跟偽帝的。因為你們——」

要趕快逃出去才行。不然我一定會沒命。會被殺掉。

然而我完全無法動彈。

阿岱吐出極為毛骨悚然的怒火。

「好心替我們殺死了這千年來唯一稍稍觸及『皇英峰』境地的救國名將……不過，誰命令你們殺死他了？我自始至終都不打算要張泰嵐的命。你們這些醜陋的蠢貨怎麼膽敢自以為這樣能夠討好我？」

「請、請等一下……啊！」

我還來不及辯解，就遭到強壯的敵方士兵扣住身子。

阿岱從皇座上悠然起身後，敵方將領們便隨即一同屈膝，單膝跪地。

他開口宣告即將降臨於我身上的惡夢。

「我跟這個蠢貨沒什麼話好說了。往後想必會有更多不識好歹的傢伙侮蔑張泰嵐。讓他嘗嘗張泰嵐受過的嚴刑拷打，至少一百次……記得別殺死他。待填補完上一次出征的損耗，我們就再次進攻『榮國』。你們在那之前先好好養精蓄銳吧。」

「……遵命！偉大的『天狼』之子，阿岱皇上！」

＊

當天夜晚。

我——玄帝國皇帝阿岱韃靼坐在置於本營帳篷內的皇座上，陷入深思。
平時義先和「白狼」會在一旁護衛，但今晚只有我一人。
也有命令不許任何人靠近這裡。
——玄帝國已與成功一統天下無異。
榮國的知名武將、英勇武將、宰相與老將軍皆已不在人世，剩下的盡是白天那種應該打入地牢的蠢貨。
我原本打算誘使榮國內發起叛變，待國力衰退過後，再發動大舉進攻，但現在這樣倒也不成問題——
「…………可惡！」
我用自己小小的拳頭捶打扶手。不對。
強行進攻當然也能完成統一大業。
失去張泰嵐與楊文祥的榮國，已沒有任何辦法抵禦我軍。
但那麼做，會造成更多無謂的犧牲。
我——「王英風」不會，也不該採取如此愚蠢的策略！！！！
「為什麼？」
會落入如此窘境，全是因為我意外得知自己唯一掛念的……在這世上唯一掛念的人，就在榮帝國。

「為什麼！」

在敬陽的那場決戰——

那名與張泰嵐和招致災禍的銀髮藍眼之女一同突破我方大軍，直奔本營，且手握「黑星」的年輕黑髮武將。

我用手掃掉桌上的一切。

「為什麼啊！！！！！皇英峰！！！！！」

我們只有霎那間的眼神交會。

當時混戰連連，皇英峰或許沒注意到我。

本來打算在戰後提拔持有「天劍」的張家兒女為玄國高官。

……但張泰嵐死於非命，也令此事化為泡影。

我們重逢的良機就此溜出我小小的掌心，一去不復返。

我用雙手摀住臉。

「……為什麼？你為什麼與我為敵？為什麼把『白星』交給張家那個女人……」

全天下只有皇英峰能夠拔出「雙星天劍」。

這件事實不容顛覆。絕對不容顛覆！

我怎能忍受那個張家女人將我前世無法拔出的天劍運用自如——……

「原來如此。」

我放下雙手，離開皇座。原來如此。

走出帳篷，仰望深遠夜空。

——北方天上可見耀眼「雙星」。

我朝雙星伸出手，斷定地說道：

「就是那女人迷惑了今生的你的心智吧……那麼——」

我該做的，就只有一件事。

我握拳抵住胸口，暗自下定決心。

後記

各位四個月不見了（註：本篇後記提到的時間皆為日本出版狀況）。我是七野りく。

這一集是第一部的完結篇。

好驚險。真的太（下略）。

……最近好像每次寫好原稿，都會累得快化成灰燼。得小心注意身體健康才行！

關於本集的故事。

從一開始擬定故事整體架構的時候，就決定第三集要寫這樣的故事了。

高官的無理取鬧，導致底下小官和百姓深受其害。

我們人類在歷史上有無數類似的案例。

而長達數千年的中國歷史當然也不例外。

很少有知名武將和官員可以位極人臣，又能夠享盡天年。

例如「西楚霸王」項羽死時「四面楚歌」。

被譽為「國士無雙」的西漢開國功臣韓信，也是在功成名就後遭到處死。

人要活下來好難啊。
另外，各位讀者看這一集的時候應該也曾心想——
「如果那些高官腦袋稍微清醒點，就不會這樣了！」
第二部我打算基於這部分來寫下去。
敬請期待來自西方的反攻。

再來是宣傳！
《公爵千金的家庭教師》最新第十四集上市了。
第十五集預計會在今年夏天發售，各位讀者不妨也看看我的另一部作品。

最後要向各方人士致謝。
責編大人，這一集也辛苦您了。您讓第三集的故事變得更好看了。
cura老師，這一集也要感謝您提供的插畫。封面的隻影和阿岱畫得非常完美。帥呆了！
也要向所有看完本書的讀者們致上最大的謝意。
希望我們下次還有機會再相見。下一集，「短暫的和平時光」。

七野りく

國家圖書館出版品預行編目資料

雙星的天劍士/七野りく作; 蒼貓譯. -- 初版. -- 臺北市 : 臺灣角川股份有限公司, 2024.07-
冊 ; 公分. -- (Kadokawa fantastic novels)

譯自 : 双星の天剣使い
ISBN 978-626-400-223-3(第3冊 : 平裝)

861.57 113006550

Kadokawa
Fantastic
Novels

雙星的天劍士 3

（原著名：双星の天剣使い 3）

2024年7月10日　初版第1刷發行

作　　者：七野りく
插　　畫：cura
譯　　者：蒼貓

發 行 人：台灣角川股份有限公司
總　　監：呂慧君
總 編 輯：蔡佩芬
主　　編：林秀儒
編　　輯：楊芫青
美術指導：陳晞叡
美術設計：郭虹吟
印　　務：李明修（主任）、張加恩（主任）、張凱棋、潘尚琪

發 行 所：台灣角川股份有限公司
地　　址：104台北市中山區松江路223號3樓
電　　話：（02）2515-3000
傳　　真：（02）2515-0033
網　　址：www.kadokawa.com.tw
劃撥帳戶：台灣角川股份有限公司
劃撥帳號：19487412
法律顧問：有澤法律事務所
製　　版：尚騰印刷事業有限公司
ISBN：978-626-400-223-3